16	3	2	13
5	10	11	8
9	6	7	12
4	15	14	1

Fabio Morábito

Quando as panteras não eram negras

Tradução de Sérgio Molina e Rubia Prates Goldoni
Desenhos de Ulysses Bôscolo

editora■34

EDITORA 34

Editora 34 Ltda.
Rua Hungria, 592 Jardim Europa CEP 01455-000
São Paulo - SP Brasil Tel/Fax (11) 3816-6777 www.editora34.com.br

Copyright © Editora 34 Ltda. (edição brasileira), 2008
Cuando las panteras no eran negras © Fabio Morábito, 1996
Ilustrações © Ulysses Bôscolo, 2008

A FOTOCÓPIA DE QUALQUER FOLHA DESTE LIVRO É ILEGAL E CONFIGURA UMA APROPRIAÇÃO INDEVIDA DOS DIREITOS INTELECTUAIS E PATRIMONIAIS DO AUTOR.

Título original:
Cuando las panteras no eran negras

Capa, projeto gráfico e editoração eletrônica:
Bracher & Malta Produção Gráfica

Ilustrações:
Ulysses Bôscolo

Digitalização e tratamento das imagens:
Cynthia Cruttenden

Revisão:
Fabrício Corsaletti

1ª Edição - 2008

CIP - Brasil. Catalogação-na-Fonte
(Sindicato Nacional dos Editores de Livros, RJ, Brasil)

        Morábito, Fabio, 1955-
M668q   Quando as panteras não eram negras /
        Fabio Morábito; tradução de Sérgio Molina e
        Rubia Prates Goldoni; desenhos de Ulysses
        Bôscolo. — São Paulo: Ed. 34, 2008.
        112 p.

        Tradução de: Cuando las panteras no eran negras

        ISBN 978-85-7326-406-7

        1. Ficção mexicana. I. Molina, Sérgio.
        II. Goldoni, Rubia Prates. III. Bôscolo, Ulysses.
        IV. Título.

                        CDD - 863M

para Diego

1

As panteras nem sempre foram negras. No princípio eram pardas, como os leões, não eram solitárias como agora nem caçavam à noite. Viviam em grandes bandos e caçavam em grupo e à luz do dia, como os leões, que elas na verdade imitavam em tudo, postando-se como eles junto às aguadas onde as gazelas, os gnus e as zebras iam aplacar a sede nas horas mais quentes.

Assim como agora, os leões usavam um método que dava bons resultados: enquanto um ou vários deles saltavam do matagal para assustar o rebanho de herbívoros, outros, atocaiados atrás de rochas ou arbustos, esperavam os animais em debandada chegarem até eles para então sair do esconderijo e apanhar o animal que passasse mais perto. Uma tática simples, mas eficaz.

As panteras, que os imitavam em tudo, também saltavam para espantar o rebanho de zebras e de gnus enquanto outro grupo aguardava escondido, mas, quando as do primeiro deixavam o matagal, o rebanho costumava correr para o lado oposto do esperado, e as outras ficavam vendo os herbívoros se afastarem a galope. As atocaiadas então saíam jurando e trejurando que a culpa era das outras, que tocavam os animais na direção errada, e ouviam como resposta que as culpadas eram elas mesmas, que não se escondiam direito. E assim passavam a vida reclamando, sem que ninguém entendesse por que os leões, que usavam o mesmo truque, pegavam tantos animais enquanto elas, a duras penas, só pegavam o bastante para não morrerem de fome.

Para dizer a verdade, os leões também passavam dias e dias sem apanhar um único animal, sendo muitas vezes obrigados a comer carniça de bichos mortos por guepardos ou cães selvagens. E na estação seca, quando os grandes rebanhos de herbívoros emigravam para as regiões mais úmidas e a caça diminuía de forma drástica, os estragos da fome saltavam à vista, principalmente no corpo dos mais jovens. Para se poupar dessa visão, as panteras viravam a cara e olhavam para outro lado, para os machos poderosos e as leoas maduras, que conseguiam manter a boa forma porque ficavam sempre com a melhor parte dos animais abatidos, chegando a deixar os jovens e os filhotes morrerem à míngua.

Com as primeiras chuvas de outubro, quando os herbívoros retornavam às grandes pastagens para se alimentar do capim fresco e a caça voltava a se multiplicar, as panteras sobreviventes da seca se esqueciam de tudo o que tinham visto naquelas semanas funestas, e a primeira coisa que varriam da memória era o aspecto perturbador dos leões famélicos.

O regresso dos rebanhos depois da seca marcava a melhor época do ano para todos os predadores.

Havia tamanha fartura de animais que era quase impossível não comer até enjoar. Esse era o único período em que as panteras se esqueciam dos leões, pois todos os carnívoros estavam tão ocupados em caçar que ninguém reparava no que o vizinho fazia ou deixava de fazer. Leões, leopardos, panteras, chacais, guepardos, mabecos: as turmas de caça partiam regularmente rumo às pradarias coalhadas de herbívoros, num constante vai-e-vem de predadores que deixavam seus redutos para descer até a planície fervilhante de rebanhos e voltar em seguida para repor as energias e preparar uma nova incursão. As caçadas se sucediam, muitas vezes se confundiam, e se, em meio a esse tráfego tão intenso, uma pantera que perseguia um gnu esbarrava com um guepardo vindo em sentido contrário no encalço de um antílope, não raro, depois do terrível encontrão e das desculpas atropeladas, trocavam-se as presas, e a pantera passava a perseguir o antílope do guepardo e este o gnu da pantera.

Uma ebulição de perseguições e fugas, de estouros e freadas mantinha uma nuvem a poeira suspensa no ar o dia inteiro. Só ao entardecer, quando os grandes rebanhos se dividiam em ilhotas de no máximo dez ou doze indivíduos e a caça se dispersava em novas trilhas e infinitas direções, a poeira voltava a baixar sobre a planície e boa parte dos carnívoros e herbívoros se recolhiam a seus locais de descanso, fartos de tudo o que tivesse algo a ver com perseguições e sangue. Então se podia ver, longe das

batidas periféricas que prosseguiam nas matas vizinhas ou nas primeiras escarpas, um leão deitado na relva a poucos metros de uma zebra, os dois exaustos, indiferentes um ao outro, querendo apenas descansar e recobrar as forças para o dia seguinte.

O tempo da fartura durava pouco. Muitos animais logo emigravam para suas pradarias de origem, e na grande planície se restabelecia o velho equilíbrio entre carnívoros e herbívoros. A caça voltava a ser difícil, e as panteras voltavam a admirar os leões, principalmente os grandes machos e suas jubas, que nesses meses eram mais bastas e escuras.

As leoas, por seu turno, inconformadas com a abrupta diminuição de alimento, zanzavam nervosas pelos altos capinzais, rugiam à menor provocação e, por algumas semanas, deixavam de ser carinhosas com os filhotes. Como elas eram os verdadeiros caçadores do bando, ressentiam-se mais do que os machos do fim da estação de prosperidade. Seu nervosismo as tornava irascíveis, e a hierarquia do grupo sofria um forte abalo. Mas os machos, conscientes da própria força, mal respondiam às agressões, deixando as fêmeas se acalmarem por conta própria, e tirando uma ou outra escaramuça que quebrava a tranqüilidade da horda, esses dias de tensão passavam sem maiores problemas. Na horda vizinha, em compensação, surgiam sérias desavenças, até com algum derramamento de sangue, porque de tanto ajustarem seu modo de vida ao de seus vizinhos poderosos, as panteras tinham perdido o senso de medida e faziam de qualquer bobagem uma questão de vida ou de morte. Competiam entre si para ver quem se parecia mais com os leões, e quando saíam para caçar, trêmulas de entusiasmo, achando que os leões estavam olhando para elas (coisa de todo improvável), perdiam a naturalidade e a caça virava uma tortura. Sobre o bastidor da tática simples e eficaz de seus vizinhos, elas bordavam minuciosos floreios para impressioná-los, enquanto os leões passavam a maior parte do dia roncando. E querendo ser como eles, se metiam a caçar animais que só os leões conseguiam abater, como os búfalos e os hipopótamos. As panteras eram impotentes contra tamanhos colossos, mas elas só se lembravam disso quando já estavam em plena luta e percebiam como estavam longe de poder vencê-los, ou sequer arranhá-los. Os búfalos, em compensação, muitas vezes as feriam de morte com suas chifradas, ao passo que os hipopótamos, cujo couro elástico as presas das panteras não conseguiam perfurar, podiam esmagá-las com seu peso descomunal.

Mas nem tudo era tristeza na vida delas, e às vezes, quando davam sorte de pegar um antílope doente, uma zebra ferida ou uma gazela já passada da idade, o grupo, reunido de barriga cheia à sombra de uma acácia, reencontrava, principalmente na hora do crepúsculo, o vislumbre de uma antiga harmonia e de uma segurança cuja memória guardada em seus ossos e músculos era como um ar de independência ancestral depositada no mais fundo da espécie: o ar de um tempo remoto quando os leões ainda não existiam e as panteras, senhoras da grande planície, eram as feras mais temidas e não davam conta da caça inesgotável, e os outros carnívoros, principalmente os cães selvagens e os guepardos, curvavam-se reverentes quando passavam, em reconhecimento à sua primazia no grande concerto de vida e morte na savana.

Será que tinha mesmo havido um tempo e um lugar assim, sem leões, uma época mais silenciosa em que o salto dos felinos era mais aveludado e todos caçavam sem serem vistos nem precisarem se juntar aos outros, passando do descanso à caça e da caça ao descanso com uma leve mudança de postura, tão leve que muitas vezes começavam a caçar sem perceber. Um tempo em que caçar era mergulhar no fluxo que ligava tudo com tudo, um método geral de compreensão das coisas válido tanto para perseguidores como para perseguidos, quando morrer caçado era, na verdade, morrer como se devia, o único jeito decente de morrer?

As panteras se perguntavam essas coisas suspirando ao crepúsculo, e seus olhos brilhavam num amarelo intenso e perturbador, o único traço delas que os leões sinceramente invejavam.

Nem todas as panteras se prostravam aos pés dos leões. Uma das mais jovens, que ficara órfã muito cedo, antes que a mãe lhe pudesse transmitir a desmedida veneração que as panteras sentiam por seus vizinhos, admirava os velozes guepardos, que conhe-

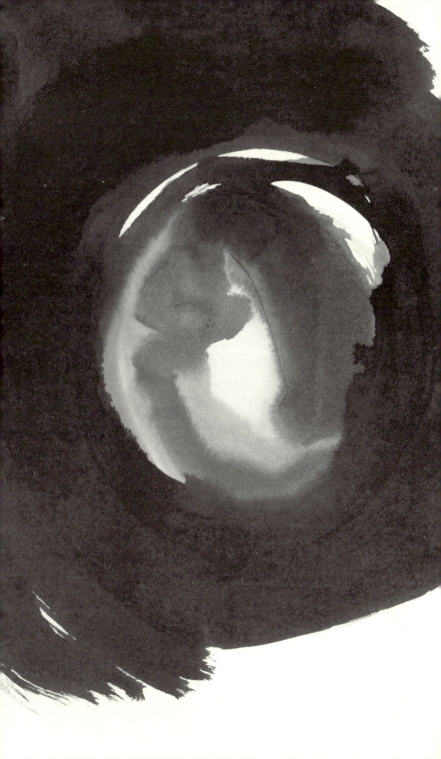

cera quando era apenas um filhote, numa das piores secas da grande planície. Nunca mais os reencontrara, porque o território dos guepardos, antigamente pegado ao das panteras, agora ficava longe, tanto que muitas panteras morriam sem nunca ver nenhum, e embora a órfã guardasse deles apenas uma vaga lembrança, era o bastante para que, comparados a eles, os leões parecessem lerdos e sem graça.

Naquele tempo, as duas viviam em outra horda, da qual a mãe um dia se separara ao seguir o rastro de um rebanho de zebras. Não podendo levá-la junto, a mãe a escondera entre umas folhagens e, ao voltar da incursão, a encontrou onde a deixara, mas não às outras panteras, que tinham se deslocado alguns quilômetros ao Sul, no encalço de outro rebanho. Se estivesse sozinha, poderia ter alcançado o bando sem maior dificuldade, mas com o filhote era impossível. Mãe e filha começaram então a vagar pela planície quase deserta de herbívoros, e quando encontravam um leão, ou um grupo deles, a mãe, sabendo que em épocas de fome os leões não hesitariam em devorá-las, trepava na primeira árvore que encontrava, carregando a cria.

A mãe procurava as lagoas que, durante a seca, eram os únicos lugares visitados regularmente pelos antílopes e outros herbívoros que não haviam emigrado para o Sul. Uma das maiores lagoas era freqüentada por pequenos grupos de "tommies", as gazelas-de-thomson, que, sempre olhando em volta com nervosismo, tomavam uns goles de água e logo par-

tiam. Depois de esconder a cria entre os arbustos, a mãe se postava perto da margem à espera das gazelas, podendo passar horas assim, imóvel, sofrendo o martírio das moscas e reprimindo a vontade de espantá-las com o rabo, para não provocar o menor movimento na vegetação. Ela, de seu esconderijo, estirava o pescoço só para ter certeza de que a mãe continuava no mesmo lugar. Se algum leão rondava a vizinhança, a mãe abandonava seu posto, apanhava o filhote e subia com ele na árvore mais próxima, onde esperavam que o leão ou a leoa se retirasse, depois de beber na aguada.

Entre os freqüentadores do lugar havia dois jovens guepardos que costumavam se esconder numa faixa de vegetação mais afastada. Graças a sua impressionante velocidade, podiam dar-se ao luxo de espreitar as gazelas a dezenas de metros da margem e, embora nunca caçassem juntos, e sim alternadamente, como se travassem um secreto duelo de supremacia, tinham muito mais sorte que a mãe pantera, que só sabia caçar em grupo e cometia muitos erros de avaliação quando saía em campo aberto. O caçador solitário, como o guepardo, escolhe a presa de primeira: observa o rebanho e logo vê que animal velho, doente ou inexperiente será mais fácil abater; mantém os olhos fixos somente nesse animal e, quando sai disparado em seu encalço, nada pode desviá-lo de seu objetivo, nem mesmo outro animal do rebanho que por um acaso esteja mais perto. Uma imprevista mudança de rumo quase sempre é desastrosa.

Para quem caça em grupo, as coisas são diferentes. O barulho produzido pela investida de vários caçadores provoca tamanha confusão no rebanho que os animais se dispersam em todas as direções, e cabe ao caçador que está na posição mais favorável derrubar o animal mais próximo. Enquanto a mãe pantera, não habituada a selecionar uma determinada presa, hesitava até a última hora, perdendo instantes preciosos, os guepardos, livres de vacilações, quase sempre conseguiam abater o a gazela ou o antílope escolhido.

Assim, durante sua permanência nas imediações da lagoa, mãe e filha viveram dos restos da caça daquela dupla, pois a mãe só conseguia caçar um ou outro rato ou cobra que deixava a toca ao amanhecer. Não fossem os guepardos, teriam morrido de fome,

e ela, que daquele esconderijo podia observar suas incríveis corridas e seus movimentos precisos, quase cruéis de tão elegantes, conheceu um modo de caçar que não era nem o de sua mãe nem o dos leões.

Por isso ela os admirava. Tinha sobrevivido graças a eles. Dos leões, em compensação, tivera que se esconder no alto das árvores. Não os reverenciava como as outras panteras. Notava nos movimentos de todos eles, desde filhotes, um desperdício de energia que seu espírito, educado na perfeita adequação de cada gesto a uma finalidade concreta, repudiava com aversão. A mãe lhe ensinara a ser disciplinada e cuidadosa ao máximo. Se ela havia morrido na perseguição do búfalo, sem dúvida fora por culpa das outras panteras, que não esperaram o devido sinal de ataque. Apesar da pouca idade, como era gritante para ela a descoordenação que imperava nas caçadas do grupo!

Havia outra coisa que ela recordava daqueles dias passados junto à lagoa: o pêlo de sua mãe, pardo e quase avermelhado, escureceu e levou muito tempo para voltar à cor natural. Depois, quando o extremo calor foi reduzindo a lagoa até secá-la por completo, mãe e filha retomaram a marcha, mas, como não reencontraram as outras panteras, perambularam pela grande planície à procura das raras aguadas que restavam. A mãe virou uma especialista na captura de ratos e lagartos. Graças a essa caça miúda, primeira habilidade que ensinaria à filha, as duas puderam sobreviver até que os aguaceiros de outubro tornaram a encher as lagoas e os grandes rebanhos regressaram pastosas pastagens. Elas também voltaram a seu antigo reduto junto às acácias, esperando encontrar o bando reunido, mas a horda não estava mais lá. Outra horda, maior, tomara seu lugar. Para serem aceitas entre as novas panteras, a mãe teve que caçar muitas cobras e roedores e entregá-los à horda como uma espécie de tributo, e mesmo mais tarde, já integradas à vida do grupo, as duas sempre ocuparam um lugar à margem, pois seu cheiro era um pouco diferente, e as outras nunca se esqueceram de que elas vinham de fora.

Muitas vezes, ao entardecer, na grande hora do descanso e da melancolia, ela surpreendia a mãe com os olhos fixos no Sul e, embora não se lembrasse mais

das panteras da infância, deitava ao lado dela e imitava todos seus gestos, adivinhando em sua postura que estava à espera de alguma coisa. E quando a mãe morreu, a filha herdou essa postura, e ao entardecer fitava o mesmo ponto ao Sul onde a mãe morrera ferida pelo búfalo, e era difícil saber se esperava a volta da mãe ou da outra coisa que a mãe a ensinara a esperar, mesmo sem saber ao certo o que era.

Como só devia explicações sobre seus atos à mãe, na nova horda ela sempre gozou de mais liberdade que as outras panteras jovens. Ainda muito nova, saiu para caçar com o grupo adulto, como se a mãe, prevendo para ela um futuro solitário, tivesse pressa de ensinar-lhe tudo que precisaria para viver. Enquanto as panteras de sua idade brincavam embaixo das acácias, ela se unia ao grupo que saía para caçar e provava o gosto do sangue e da perseguição. Nas brincadeiras com as demais panteras sempre se mostrava tímida, por perceber que essas simulações estavam a um passo do sangue verdadeiro. Suportava as fanfarronadas das outras e era a primeira a se retirar quando as dentadas passavam do limite entre a brincadeira e a luta. Nenhuma delas, no entanto, se atreveria a tachá-la de covarde. Bastava ver a coragem com que ela explorava os arredores, aventurando-se onde nenhuma outra pantera gostava de andar sozinha. Além disso, tinha um gosto por trepar nas árvores desconhecido das outras panteras, talvez um resquício daqueles dias em que a mãe a apanhava

com a boca para escondê-la no alto da árvore mais próxima ao ver um leão ou uma leoa se aproximar.

Trepar nas árvores não era bem-visto entre as panteras, porque as árvores não favoreciam a união da horda, e as panteras, apesar de suas constantes discussões, eram muito ciosas da coesão do grupo. A simples idéia de levar uma vida solitária, como faziam alguns leões, lhes causava pavor, embora, no fundo, esse fosse o desejo secreto de cada uma delas. Trepar nas árvores era como separar-se, um desejo de se isolar e sonhar com sabe-se lá o quê. Se uma pantera jovem fazia isso, por curiosidade ou rebeldia contra a horda, as panteras adultas a olhavam com desdém e não admitiam a insolência por muito tempo. Expressavam sua irritação com uns grunhidos baixos que iam aumentando de intensidade até que a jovem, prudentemente, resolvia descer. Quando era ela que subia, porém, a horda se abstinha de grunhir, pois seu jeito de se acomodar entre as ramagens revelava um domínio inato das alturas. E como a mãe não a repreendia, elas também não chiavam. Até desculpavam sua risada. Porque sempre que se encarapitava numa árvore, ela ria. Bastava ver o grupo se preparando para um novo ataque, distribuindo as tarefas, que ela começava a rir.

— Qual é a graça? — perguntavam as outras, irritadas, sem obter resposta.

— Vamos ver quando chegar a sua vez — e iam caçar com a desagradável sensação de serem observadas por aquela cria maldosa.

Às vezes, em plena tocaia, justo na hora em que iam saltar do esconderijo, ouviam o cristalino estardalhaço de sua gargalhada.

— E agora, do que essa imbecil está rindo? — murmuravam as mais nervosas.

Se zombava dos erros que via de seu mirante nas árvores ou se aqueles ataques de riso eram simples fruto da emoção, ninguém sabia. E embora não ousassem repreendê-la, seu comportamento as irritava tanto que acabaram proibindo as outras de treparem nas árvores, deixando claro, assim, que outra atitude jocosa não seria admitida no bando. Além disso, quando, a muito custo, outras panterinhas e jovens panteras trepavam nas acácias para rir como ela, não viam graça nenhuma em ficar lá em cima, e sua maior preocupação era achar um jeito descer sem se machucar.

Ela, portanto, só pertencia à mãe, e essa vantagem representava ao mesmo tempo a desvantagem de ter vindo de longe e não ter nascido no seio da horda. Era mais livre do que qualquer outra, mas se sentia uma forasteira, e sua desenvoltura incomodava a vários membros do grupo, que preferiam que ela e a mãe tivessem voltado para o lugar de onde vieram. O que ninguém sabia é que o lugar de onde tinham vindo era o mesmo onde se encontravam. A mãe morrera guardando esse segredo, sem revelá-lo nem mesmo à filha, e embora sua habilidade para explorar os arredores chamasse a atenção de todos na horda, nem de longe suspeitaram a verdade. De qualquer modo, ao vê-la tão segura de si, sempre lhe reservaram o papel de guia nas caçadas do grupo e, apesar da inveja que lhes despertava, viam em sua audácia um quê de astúcia desesperada ou de loucura. Por isso, quando ela morreu nos chifres do búfalo, algumas delas ficaram contentes, e a maioria sentiu que esse era seu fim mais previsível, felicitando a si mesmas por não serem tão intrépidas.

Agora que era órfã, a filha se unia às caçadas do grupo com a mesma valentia da mãe, compensando assim sua falta de experiência. E desde a morte da mãe, não voltara a subir em nenhuma acácia, nem voltou a rir. Algumas, poucas, tinham saudade do explosivo borbotão de sua risada que, bem ou mal, quebrava o clima sombrio do grupo. Era tão raro ouvir uma risada na horda! Sua excessiva ousadia, que inquietava as adultas e afastava as jovens, acabara por tornar a órfã tão soturna quanto as demais, e ao entardecer, quando fitava o Sul, ninguém se atrevia a importuná-la. Atraída por qualquer ruído ou movimento vindo daquele lado, ela dormia cada vez menos, até que virou uma espécie de sentinela noturna. Enquanto a maior parte do bando dormia, ela vigiava, sem saber exatamente o quê. Começaram a olhá-la com receio, embora não tivessem motivo para censura, pois nas caçadas, apesar de sua juventude, ela demonstrava sangue frio e audácia incomuns. "Tal mãe, tal filha", diziam, lembrando a coragem de sua mãe, de quem sentiam falta, e invejavam a habilidade da órfã para caçar ratos, lebres e serpentes, outro legado materno, mas sem nunca expor essa admiração, pois seu modelo eram os leões, e como essa caça miúda, apesar de muito útil, carecia de prestígio e, reprimiam qualquer elogio.

Ela não era a única a ficar acordada. Outra pantera, que por causa do gênio irascível era chamada "a colérica", não conseguia pregar o olho se sabia que alguma outra pantera não dormia. Ela era a primeira a reprovar com um grunhido as tentativas das jovens de escalar as acácias, e quando era a órfã que trepava numa árvore, era tão doloroso para ela não poder protestar que abandonava a roda do panterio e se deitava em qualquer canto, virando a cara para outro lado.

Seu maior orgulho era nunca ter cedido à tentação de trepar numa árvore, nem mesmo quando era filhote. E seu maior desejo era ver tudo sempre em ordem. Gostava que a roda formada pelo grupo se conservasse no lugar, compacta e simples. A menor quebra da rotina, a mais leve ruptura dos costumes consolidados provocava nela uma profunda inquietação. Talvez pressentisse a fragilidade do bando, ou talvez a irracionalidade dos animais a perturbasse como a um humano. Seu amor à coesão a tornava insuportavelmente inquisitiva. Aonde você vai? De donde está vindo? Quem você viu? Reparava em tudo e queria saber de tudo, sempre pressentindo um perigo, uma ameaça ou uma catástrofe. Achava que só ela era capaz de velar pela paz da tribo e por isso, à noite, devia ser a última a fechar os olhos. Mais tarde acordava e, com a desculpa de fazer xixi, dava uma última volta para conferir se tudo estava no lugar. Se fosse humana, teria dado um excelente porteiro. Dos porteiros tinha o mau caráter, o apego às minúcias e a mandíbula sempre tensa, o que produz uma quadratura do rosto mais acentuada, tanto nos humanos como nas panteras. Por isso algumas, as mais jovens, também a chamavam de "a quadrada". E como costuma acontecer com quem se preocupa demais com o bem-estar de um grupo, não tinha preferência por nenhuma companheira em particular. No fundo, não chegava a diferenciá-las claramente, sempre preocupada com a coesão, não com os indivíduos. Não era amiga de ninguém, mas se aproximara de uma pantera de aspecto macilento apelidada de "a lúgubre", com quem compartilhava o prazer de enxergar no escuro — que na lúgubre, ao contrário dela, era um dom natural e inexplicável, talvez fruto de seu caráter sombrio, que sempre a fazia ver o lado negro das coisas —, bem como a aversão às árvores e ao que representavam: o princípio da desordem e das idéias estranhas; aversão esta que, ao contrário do que na colérica, na lúgubre não tinha nenhum fundo misterioso, e sim físico, pois uma vez, quando era adolescente, tinha caído de uma acácia e quebrado uma das patas dianteiras, guardando da queda uma leve coxeadura e certa dificuldade para saltar.

Apesar de presunçosa por natureza, a colérica se acostumara a esse ser fibroso e enxuto e só para ela podia desabafar à vontade suas inúmeras quei-

xas, que eram sempre recebidas com o mesmo conciso e invariável comentário: "Que horror!".

Nem mesmo os leões estavam a salvo da crítica dessa dupla. Pareciam-lhes animais vulgares e toscos, embora invejassem sua coesão e seu apego aos costumes e à regularidade, que iam de mãos dadas com a mais completa indiferença pelos outros bichos. "São grosseiros, mas como só os aristocratas sabem ser", costumava repetir a colérica, com a aprovação da lúgubre, que às vezes não entendia nada do que a outra dizia, mas concordava por hábito, prometendo a si mesma pensar sobre suas palavras mais tarde.

Obviamente, nenhuma das duas gostava da órfã, assim como nunca haviam gostado da mãe dela, cuja intrepidez sempre lhes parecera exagerada e descabida. "É mais valente do que o necessário", dizia a colérica, e embora nem ela nem a lúgubre carecessem de coragem, sua valentia era áspera e taciturna, sem o colorido da outra. A colérica fora a única a suspeitar que o vínculo da mãe com aquela terra não era recente: "Ela circula com demasiada segurança, nunca se engana", e também fora a única que, intrigada com o hábito de as duas fitarem o Sul todas as tardes, se perguntara que diabos estariam esperando.

Com o tempo, em suas rondas noturnas, a órfã chegou até o pequeno riacho que demarcava a fronteira natural entre o território das panteras e o dos leões. Perambulando entre as pedras da margem, parecia indecisa em cruzar o limite que sua mãe respeitava religiosamente. Invadir o território dos leões significava morte certa. Seus vizinhos jamais perdoariam a nenhuma pantera a violação daqueles confins.

Passeava junto ao riacho, tentada a cruzá-lo para perder-se na outra ribeira, onde a escuridão parecia mais densa e impenetrável. Ao virar-se para as acácias, a reverberação dos olhos da colérica, atenta a todos seus movimentos, lhe lembrava que, se cruzasse aquele limite, seria expulsa da horda. Passado algum tempo, galgava de volta a suave ladeira, observada pela outra, que não tirava os olhos dela até vê-la deitar no meio do panterio. A colérica ainda esperava um pouco até ter certeza de que a órfã tinha adormecido, e só então se levantava para dar uma última volta de inspeção. Estava morta de cansaço, mas tinha que se certificar de que tudo estava em ordem. As panteras dormiam, mas dormiam com uma parte do ser alerta, como dormem os felinos, e com essa parte reconheciam seus passos sem precisar interromper o sono. Ela murmurava: "Está tudo bem", como se o dissesse para si mesma, pois não queria que achassem que estava prestando um serviço ao bando. Afinal, não era empregada de ninguém. De tanto falar assim, mais com o estômago do que com a boca, virara uma ventríloqua. Seu murmúrio penetrava no sono das panteras, e como não despregava os lábios, conservava sua dignidade. Mas quando passava pela órfã, a culpada de sua vigília, mudava o "Está tudo bem" pela advertência "Se você atravessar para o outro lado, não voltará nunca mais". Quando a órfã saía para seus passeios noturnos, essas palavras, como um zumbido, tornavam a alertá-la junto ao riacho, e então ela parava com uma pata no ar, perplexa, perguntando-se se as palavras vinham de uma boca alheia ou da água que corria a seus pés. E uma noite, ao agachar-se até quase tocar a correnteza, impelida pela inércia do movimento, entrou na água, avançou até uma pedra no meio do riacho e não pôde conter a vontade de dar um pequeno salto até a outra margem.

A brisa cessou de repente, bem como o canto dos grilos, e o murmúrio do rio também cessou. Virou-se para a ladeira das acácias e não viu os olhos vigilantes da colérica. Não viu nem mesmo a água correndo, como se aquele pequeno salto a tivesse lançado a centenas de metros. Talvez na terra dos leões os saltos medissem centenas de metros e fosse possível atravessar um vale em menos de um segundo. Ia saltar de novo para fazer o teste, mas sentiu no ar um cheiro conhecido, um aroma familiar e antigo que a fez agachar-se entre o capim como quando era um filhote que a mãe escondia dos leões. Alguma coisa se mexeu por perto, e ela viu bem à sua esquerda o brilho de uns olhos que a fitavam. Sentiu uma contração nas vísceras. Levantou-se e começou a grunhir, disposta a lutar ou fugir. O outro animal, imóvel na escuridão, não se alterou em nada, como se tivesse absoluta confiança em sua força. Era um leão, pensou ela, um leão sentinela que agora a castigaria por ter cruzado o riacho que marcava a fronteira entre os

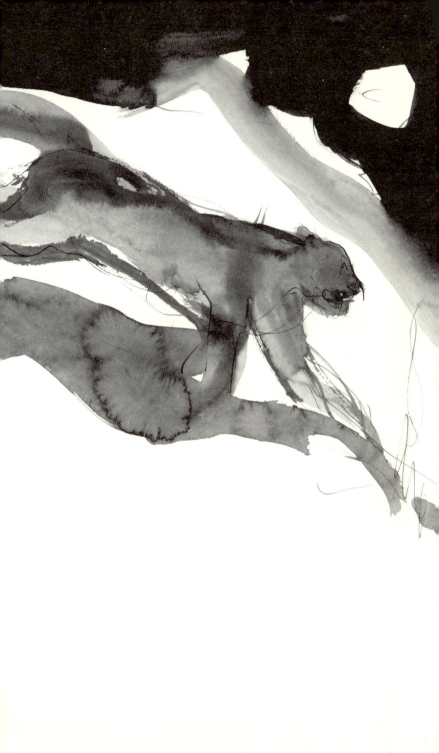

dois grupos. Mas os olhos que a fitavam não eram olhos de leão. Uma nova lufada do cheiro do outro bicho relaxou seu ventre, e ela reconheceu o cheiro da mãe. Tremendo, incrédula, avançou alguns passos. O animal baixou a cabeça, cheirou seu peito e roçou-lhe o focinho. Outros brilhos brotaram das trevas, e logo ela se viu rodeada por uma horda de panteras escuras, todas com o mesmo cheiro adocicado de sua mãe, que era seu próprio cheiro, e se perguntou como haviam conseguido entrar naquele território proibido.

Na escuridão, dezenas de focinhos roçaram suas patas e seu peito, cheirando-a com movimentos delicados, mais parecendo sombras que seres vivos, mas quando ela demonstrou certa efusão, as outras recuaram um pouco, apenas o bastante para que só pudesse tocá-las muito de leve, e de repente, com a mesma discrição, começaram a correr em fila indiana, afastando-se do riacho, e ela não hesitou em segui-las, confortada pela ordem e o silêncio da coluna. Corriam pelo território dos leões, onde o menor ruído poderia ser fatal, e quando ela não pôde mais manter o ritmo e foi ficando para trás, o bando parou e esperou que descansasse alguns minutos antes de retomar a corrida.

Viajaram assim a noite inteira, parando quando ela parava e reiniciando a corrida assim que recuperava o fôlego. Atravessaram todo o território dos leões, depois cruzaram uns morros e umas matas, outros morros e outras matas, e ela, que nunca correra

tanto, não se perdeu do bando graças àquele cheiro antigo e revigorante que desfazia seu cansaço em cada pausa da viagem. Mas se nessas pausas ela tentava tocar ou roçar alguma das panteras, estas se retiravam suavemente e a deixavam sozinha, isolada do grupo. E quando os primeiros raios de luz revelaram as formas do caminho, a coluna perdeu a coesão noturna e se desfez, com as panteras separando-se uma a uma para seguir cada qual um rumo diferente. À sua frente restou apenas uma pantera, e durante um bom trecho as duas correram juntas, mas quando ela tornou a perder terreno, a outra se esqueceu de esperá-la e logo desapareceu de sua vista. Quando viu que a perdera, estacou, incapaz de dar nem mais um passo sequer. Estava exausta, e o simples arfar a manteve de a cabeça baixa, quase tocando o chão. Procurou com os olhos as pegadas da outra para saber que rumo tinha tomado e viu que no chão só havia suas próprias pegadas. Tinham corrido juntas, mas parecia que só ela tocara a terra. E então recordou que, ao reiniciar a viagem depois de cada pausa, o chão sempre estava intacto. Um leve arrepio percorreu sua espinha. Tinha corrido a noite inteira atrás de um bando que não deixava rastros, e se perguntou se não era por isso que a mãe tanto esperava. Só uma coisa tão extraordinária condizia com sua natureza. E até seguir esse bando, ela nunca tivera consciência do próprio cheiro. Acabara de correr a noite inteira atrás desse cheiro, e percebeu que até agora tinha vivido numa horda que não era a dela. Toda vez que se sentira a ponto de desfalecer, esse cheiro lhe infundira uma energia nova. A mãe nunca lhe dissera nada, mas a ensinara a esperar, sabendo, talvez, que não viveria o bastante para ver o que tanto esperava, e por isso tinha confiado a tarefa a ela, indicando-lhe a direção por onde deveria aguardar os animais que um dia viriam levá-la da horda das acácias. Porque agora, com o primeiro clarão do amanhecer, não teve mais dúvidas de que nunca mais voltaria. Não só pela enorme distância percorrida, mas porque estava irreconhecível. Ficara negra do focinho à cauda. Certamente, fora graças a isso que conseguira cruzar a terra dos leões sem ser vista. E embora tivesse corrido atrás do bando, agora que a viagem terminara, sentiu que tinha corrido estranhamente só, acompanhada, digamos, por um cheiro mais do que por uma horda.

2

À sombra das acácias da grande planície, as panteras pardas viram os primeiros sinais da seca que vinha chegando. O bebedouro onde tomavam água diminuía dia após dia e em pouco tempo estaria reduzido a uma pequena poça que não tardaria a evaporar, restando o capim da margem como o único vestígio da água que tinha havido ali. A seca estaria então no auge, e os grandes rebanhos de zebras e gnus já teriam abandonado a grande planície várias semanas antes em busca de terras mais úmidas. Ficariam apenas algumas gazelas, os javalis, as lebres e a fauna miúda de roedores, sapos e cobras. Os leões, impedidos de seguir os herbívoros, para não perderem seu território, começariam a sentir a aflição da fome. Até que um belo dia eles também emigrariam, mesmo que por pouco tempo, e as panteras, ao acordar, sentiriam uma inexplicável leveza no ar, sinal de que seus vizinhos tinham partido para o norte à procura de água.

Essa era a única época do ano em que elas podiam cruzar o riacho, já seco, e internar-se nos domínios dos leões para dar uma espiada naquelas terras de onde, olhando para o Sul nos dias mais claros, se avistavam os maciços de umas montanhas que ficavam a vários dias de caminhada.

Sabiam que nunca se aventurariam até aqueles baluartes, pois quando voltassem das montanhas, na hipótese de que conseguissem chegar tão longe, encontrariam a passagem dos leões novamente fechada, e nunca ousariam cruzá-la com os donos instalados em seu quartel. Só de pensar nisso, sentiam calafrios. Portanto, penetravam naquele território timidamente, movidas acima de tudo pela curiosidade e o pelo prazer de pisar a mesma terra e a mesma relva que os leões, e qualquer coisa que pertencesse a eles — umas pegadas, um cocô, um chumaço do pêlo de suas jubas —, merecia das panteras uma atenção reverente, semelhante à atitude que a visão de monumentos de culturas antigas provoca entre os humanos. Não tocavam em nada, mas cheiravam tudo com deleite, acreditando assim inalar a essência de seus vizinhos e quem sabe um pouco de sua força.

Claro que na horda havia o grupo dos que queriam emigrar para o Norte à procura de bebedouros, oposto ao dos que não queria deixar o local ou preferiam procurar aguadas em outra direção, argumentando que durante a seca todos os carnívoros se arrebatavam mutuamente as presas e que caçar lado a lado com os leões não seria a melhor maneira de enfrentar os meses de escassez.

Acabavam fazendo o mesmo de sempre: não iam nem ficavam, vacilando entre o Norte e o Sul, entre o fascínio dos leões e o das montanhas distantes, e enquanto a falta de comida aos poucos as reduzia a carcaças ofegantes, olhavam com extremo ódio para tudo aquilo que não podiam comer, como os elefantes ou as aves que cruzavam o céu. E quando a fome chegava ao limite do suportável, começavam a odiar também as plantas, as nuvens e as pedras.

Na verdade, o que cada pantera mais odiava nessa época eram as demais panteras. Culpavam-se mutuamente pela comida parca e em vez de se dedicarem a caçar o que podiam, recorrendo à pequena fauna de roedores e cobras que nunca emigra, teimavam em sair em grupo, complicando ainda mais seus enredados planos de caça.

Tinham de permanecer atocaiadas por horas a fio, perto das poucas aguadas que restavam, à espreita da eventual chegada de uma família de javalis ou de um grupo de impalas. À medida que o calor aumentava, as aguadas iam diminuindo até virarem poças minúsculas, perto das quais a horda não tinha onde se esconder. Os impalas e as gazelas-de-thomson logo percebiam a presença das panteras e iam procurar outro bebedouro menos perigoso. Então, de volta ao seu quartel, cada pantera tomava a firme decisão de abandonar a horda e viver sozinha para sempre, mas no dia seguinte esses planos de independência evaporavam mais depressa que o orvalho do prado, e o grupo continuava tão unido e mal-humorado como antes.

A colérica foi a primeira a notar que os leões não tinham seguido o caminho do Norte e sim o das montanhas. Ela os viu partir à noite, e essa novidade, como todas as novidades, deixou-lhe um gosto amargo na boca. Sabia que isso animaria a horda a se aventurar pelo novo rumo e rezou para que o rastro dos leões se apagasse durante a noite e ninguém ficasse sabendo de nada. Mas não havia vento nem chuva que pudesse apagá-lo, e no dia seguinte, tal como ela temia, a notícia se espalhou no acampamento, e até as panteras menos dadas às excursões sentiram uma atração irresistível por seguir aquele rumo insólito. O bando iniciou a marcha cheio de entusiasmo, mas no fim da tarde, ao ver que as pegadas dos leões se dispersavam, sinal de que seus vizinhos tinham seguido naquela direção sem pensar, como por capricho, as panteras se arrependeram de ter deixado o acampamento. Não encontraram nenhuma aguada, e no outro dia tiveram que decidir se desandavam o caminho, sabendo que as esperava uma jornada sem uma gota de água, ou se seguiam em frente, na direção das montanhas, para tentar melhor sorte.

Optaram por seguir em frente, mas ao meio-dia um vento do Oeste apagou as poucas pegadas que restavam dos leões. Seu rastro visível desaparecera. Concentraram-se no cheiro, e então um pequeno matagal as devolveu à pista perdida, até chegarem a um capinzal onde se fixara com mais intensidade. Eram só dois leões, um leão jovem e uma leoa madura, os únicos, pelo jeito, que insistiam em viajar para o Sul. E quando esse rastro se dividiu em dois, sinal de que também o par se separara, a horda preferiu seguir a pista do macho, porque sua juba deixava um cheiro mais forte na vegetação.

Sempre atrás do macho, cruzaram uma série de morros, depois uma mata, depois mais outros morros e outra mata, sabendo-se já condenadas a seguir em frente à procura de uma aguada.

O leão, jovem mas já robusto, certamente fora banido pelo chefe do bando, que é o que costuma acontecer com os leões jovens quando atingem certo vigor, e a leoa madura que o acompanhara por um breve trecho, último vínculo com o clã de origem, era provavelmente sua mãe, que acabara de retirá-lo da horda para que sua vida não corresse perigo. Era a lei do clã. Os jovens leões tinham de abandoná-lo e viver sós até encontrar um leão macho no declínio de suas forças a quem pudessem arrebatar o cetro de sua horda. Ou tomavam esse cetro, ou tinham de continuar vivendo sós. Nenhuma horda os aceitava por aquilo que eram, jovens leões desejosos de integrar-se a um bando, pouco importando como. Quantos deles não ocupariam uma posição inferior sem o menor problema, contanto de não precisarem perambular de horda em horda em busca de uma chance de formar família? Quantos deles não aceitariam satisfeitos um papel subalterno, auxiliar, enquanto não se dessem as condições para uma troca pacífica do poder, quando o líder do bando, por cansaço, velhice ou doença (que entre os animais são quase a mesma coisa), decidisse entregar o pesado fardo da chefia? Com o tempo, porém, acertos do tipo talvez desvirtuassem o caráter dos leões, habituando-os à espera de uma oportunidade longamente cobiçada e tornando-os astutos e dissimulados, o que, depois de algumas gerações, acabaria por causar neles mudanças não apenas emocionais mas também físicas: por exemplo, o desenvolvimento de um porte menos sólido, mais longilíneo, acompanhado talvez do gradual desaparecimento da juba, que, por sua função intimidadora, não se ajustaria à nova natureza conciliadora e precavida da espécie. Não, decididamente era preciso que sua juventude fosse exatamente como era, difícil e muitas vezes desesperada, para que não perdessem seus traços mais valiosos e admirados: o arrojo frontal, a capacidade de improviso e o desprezo por todo e qualquer cálculo.

A expulsão do jovem macho talvez explicasse o insólito movimento da horda de leões, que nunca se deslocava para o Sul, e o panterio, que seguia seu rastro, começou a se perguntar se não teria cometido um erro irreparável. Dormiram mais uma noite longe do acampamento e no dia seguinte reduziram o passo por causa da fome e da sede, deixaram as colinas para trás e entraram numa extensa planície que se perdia até a linha das montanhas, que agora, depois de três dias de viagem, recortavam-se nítidas no horizonte. Então, quase ao anoitecer, por fim acharam um pequeno brejo, um oásis, a julgar pela grande quantidade de pegadas de animais que o cercavam, e beberam até não mais poder. Esconderam-se por um tempo no matagal, à espreita de algum herbívoro que viesse beber água, mas quando viram que ninguém aparecia, retomaram a marcha seguindo as pegadas do leão. E não precisaram andar muito para encontrá-lo: estava morto, estraçalhado e ainda quente, coberto por um enxame de moscas. A seu lado, o cadáver de um bicho cinzento do tamanho de uma pantera, de pêlo malhado, jazia com a barriga aberta por uma patada, certamente obra daquele mesmo leão, ou melhor, do pouco que restava dele, pois fora quase totalmente devorado pela horda a que devia pertencer aquele animal desconhecido.

Nunca tinham visto nada igual. As quatros patas do leão foram arrancadas inteiras. As panteras se perguntavam que bicho seria aquele, capaz da ousadia de atacar um leão e estraçalhá-lo como se fosse um gnu ou uma zebra, e perceberam que tinham ido longe demais. Talvez, quando voltassem, os outros leões já tivessem reassumido seu quartel e a passagem estivesse fechada e elas se vissem obrigadas a vagar um ano inteiro por uma região desconhecida até que a passagem se abrisse novamente e elas pudessem voltar ao acampamento das acácias.

Estava na hora de voltar. Aquilo era um claro aviso, como se o leão destroçado representasse o próprio limite do mundo, o sinal de que além desse ponto começava algo sinistro e caótico, onde nenhum bicho devia se aventurar.

Se não estivessem tão famintas, sem dúvida teriam voltado no mesmo instante, e quem sabe mais tarde, já reinstaladas no acampamento — isso se conseguissem chegar lá —, ainda iriam se vangloriar de terem conhecido o ponto extremo da terra, onde jazia um leão destroçado, para além do qual se impunham os baluartes das montanhas que assinalam o fim de tudo.

Mas agora podiam ver que a terra não acabava ali, que a planície se estendia e que as montanhas ainda estavam muito longe. E, acima de tudo, que estavam com muita fome. Foi a lúgubre, cujo caráter arisco no passado a levara a locais freqüentados por outros animais soturnos que perambulavam longe de seus bandos, quem logo decifrou o enigma do bicho malhado:

— É uma hiena — disse, e bastou ela pronunciar essa palavra para que a horda, que conhecia as hienas só de ouvir falar, percebesse que o leão fora derrubado a dentadas, num ataque feroz contra suas partes baixas, restando dele, por assim dizer, só o andar de cima; e agora que viam uma hiena pela primeira vez (para alguma coisa servira ir tão longe), ficaram desapontadas com seu porte mirrado e seus membros toscos, se bem que, claro, era muito diferente ver uma hiena morta, longe das companheiras, e uma matilha delas atacando.

Portanto, ao se retirarem daquele lugar, para não ficarem a descoberto, seguiram rente a uma fileira de árvores que, de tão cerrada, dava uma sombra noturna, até chegarem a outro brejo menor que o anterior, onde uma multidão de sapos tomava o último sol da tarde sobre pedras cobertas de musgo.

E aí, de tão famintas que estavam, as panteras acharam a saparia mais apetitosa que um rebanho de

gnus, e no ato resolveram dar cabo dela numa pujante caçada coletiva.

Um grupo se afastou alguns metros da água para dali investir em massa contra os sapos, empurrando-os na direção do grupo atocaiado no juncal da outra margem. Colocaram-se na posição combinada, enquanto o grupo das que espreitavam se escondia entre a vegetação o melhor que podia. A um sinal, as batedoras arremeteram em direção à aguada. Devido a seu lastimável estado físico, o que começou como uma saída avassaladora, na metade do caminho já era um trote pachorrento, e a chegada à margem foi tão arrastada que passou despercebida pelos batráquios, que continuaram sossegados sobre as pedras. As outras panteras, escondidas na margem oposta, mal respiravam, esperando ouvir a debandada e o coaxar dos bicharocos, mas como o tempo passava e nada acontecia, começaram a desconfiar das batedoras, pensando que as teriam ludibriado para irem sozinhas a outro lugar. No entanto, para não pôr a perder a emboscada, preferiram não se mexer. Enquanto isso, os sapos continuavam dando seus mergulhinhos, e saíam para se esticar nas pedras, e mergulhavam de novo e tornavam a se deitar de barriga para o sol. Uma das panteras escondidas, não suportando mais as picadas dos mosquitos, deixou seu esconderijo para dar uma olhada e se deparou com a seguinte cena: numa margem estavam rasos sapos, aproveitando os últimos raios do

entardecer e, na outra, arfando de cansaço, o grupo das batedoras.

E de novo começou a ladainha das reclamações mútuas. As batedoras acusavam as outras de ficarem com a parte mais fácil da empresa: a simples espreita, confortavelmente instaladas no juncal. As que espreitavam, picadas pelos mosquitos, disseram que seu trabalho era muito mais árduo do que uma corridinha à toa para assustar sapos. O de sempre. Nessas discussões, todas se enchiam de uma insuspeitada energia e podiam ficar horas brigando, o que teriam feito também desta vez, não fosse por um barulho que as obrigou a olhar para o mato que crescia perto da água. Viram uma coisa escura brotar das árvores e saltar no meio do matagal, estremecendo-o violentamente, e ouviram o arfar pesado que se segue à captura de um animal. Então deram alguns passos rodeando o matagal e surgiu diante delas um animal estranho, um felino negro do focinho à cauda, um gataço como elas, mordendo a garganta de uma pequena gazela-de-thomson, respirando com o ronco próprio da fera que ficou por muito tempo à espreita, segurando o fôlego. Avançaram mais um pouco, e o animal, sempre arfante, ao se ver cercado pela horda, largou a gazela, que caiu sem vida, e começou a grunhir, esticando as patas como se fosse saltar, o que bastou para deter a horda inteira. Perante o vigor que demonstrava, ninguém ousou atacá-lo para arrebatar-lhe a presa, e assim o gataço pôde arrastar a gazela alguns metros na direção do mato. Não

era só medo. Seu negror, de tão intenso, tornava difícil calcular seu tamanho; os reflexos da luz faziam que uma hora parecesse imenso, e em seguida pouco maior do que um chacal. Em certos movimentos, sua corpulência e seu perfil esguio se fundiam num só aprumo perturbador, e era quando o animal parecia mais negro, de um negro que não tinha nada a ver com o tímido negror dos gnus ou dos mabecos; um negro que parecia condensar toda a força e a astúcia que um felino pode usar para atingir seus fins. Fascinadas por esse breu profundo, elas permaneceram imóveis quando o gataço, com o cadáver da gazela pendurado na boca, trepou no tronco inclinado da árvore mais próxima. Viram como subiu até os galhos mais seguros sem soltar a garganta do animal e quando finalmente deixou o cadáver sobre uma forquilha e se virou para olhá-las, arfando por causa do esforço, elas pensaram que, no estado em que se encontravam, nenhuma delas teria conseguido carregar um animal tão pesado até o alto daquela árvore. "Do jeito que estamos, nem sequer um sapo", pensou a lúgubre. Aquele gataço, em compensação, fizera isso de um só impulso e agora as olhava da fortaleza de seu alto assento. Elas o viram deitar-se nos os galhos, estendendo o corpo ao lado de seu butim, e pelo modo como se acomodou, por algo que reconheceram nessa postura, uma sensação estranha as pasmou por um instante. Mas ele permaneceu pouco tempo em repouso. Como se algo o tivesse chamado das profundezas da mata, se levantou, pulou pa-

ra um galho mais alto, para mais um outro e, quando já não podiam mais vê-lo, ainda continuaram ouvindo seus saltos entre a folhagem, até que a calma voltou a reinar junto à árvore de tronco inclinado.

Anoiteceu quase de repente, e as panteras, perturbadas pela aparição do animal, afastaram-se da mata até um ponto situado entre as árvores e o bebedouro que lhes pareceu o mais seguro para passar a noite. Mas não paravam de olhar para o lugar por onde o gataço negro tinha escapulido, temendo que ele voltasse a aparecer a qualquer momento, desta vez acompanhado por outros membros de sua espécie, e decidiram elaborar um simplíssimo plano de guarda. Algumas delas se encarregariam de prestar especial atenção aos odores, outras aos ruídos e outras, ainda, a qualquer coisa que se mexesse. As encarregadas dos odores se dividiriam em três subgrupos: odores minerais, vegetais e animais; as encarregadas dos ruídos, em dois: ruídos graves e agudos; e as encarregadas de vigiar tudo o que se mexesse, em formas rápidas e lentas. O sistema de alarme seria igualmente simples: quando uma pantera notasse algo estranho, avisaria seu chefe de grupo. Por exemplo, uma das panteras encarregadas de ficar atentas às formas rápidas, ao detectar algo que se aproximasse rapidamente do céu planando no escuro (provavelmente uma ave de rapina que procurava levar com ela alguma cria da horda), procuraria seu chefe e o poria a par da situação. O chefe pediria a interven-

ção do grupo dos odores, que acudiria para julgar se a forma rápida exalava um odor mineral, vegetal ou animal. Se fosse mineral e viesse do céu, podia ser um meteorito e, portanto, seria preciso sair correndo; se fosse vegetal, não haveria dúvida de que uma árvore estava caindo sobre suas cabeças e então caberia avisar a todos; se fosse animal, faltaria averiguar que ruído emitia, razão pela qual, retirando-se o grupo odorífero, interviria o acústico, que estabeleceria se a forma rápida animal emitia um ruído grave ou agudo, ou não emitia ruído algum. Em seguida, os chefes dos três grupos se reuniriam para avaliar a situação como um todo e, de posse dos dados, poderiam facilmente discernir a natureza do perigo e dar o alarme na hora oportuna.

Os problemas começaram na hora de escolher os diversos cargos. Todas queriam ser chefes de grupo, e se armou um tremendo berreiro junto ao brejo, quando se supunha que deveriam observar o mais completo silêncio. Então se ouviu uma voz, vinda do alto da árvore de tronco inclinado:

— Podem dormir sossegadas, vocês estão no meu território e ninguém vai incomodá-las.

Todas as panteras levantaram a cabeça e duas bolas amarelas e incandescentes lembraram-lhes que a fera negra continuava oculta entre as folhagens.

— Foi você que falou?
— Quem mais poderia ser?

Todas se olharam boquiabertas.

— Como pode falar a linguagem das panteras?
— Porque sou uma delas.
— Você? Uma pantera?
— É, não se lembram mais de mim?

As panteras tornaram a se olhar e todas balançaram a cabeça negativamente. Ninguém se lembrava daquele animal negro. E quem esqueceria um animal assim? O gataço disse:

— Minha mãe foi morta pelo grande búfalo. Era aquela que sempre olhava para o Sul.
— Você... é a órfã?
— Pelo que vejo, vocês não me esqueceram.
— Não é possível! — exclamaram.
— Eu mudei, mas me lembro de todas vocês — e disse o nome de cada uma delas, depois desceu suavemente pelo tronco inclinado e as panteras se aproximaram para cheirá-la, e então a lembrança daquela irmã que imaginavam morta se estampou nas fossas nasais de todo o bando. A colérica, que a dava por morta desde o instante em que a vira cruzar o riacho das acácias, era a mais impressionada de todas. Ela era a única que a vira atravessar e não dissera nada a ninguém, nem mesmo à lúgubre, temendo que idéias estranhas se espalhassem na horda, tão dada a imitar qualquer coisa fora da comum.

— É incrível — disseram todas —, e como foi que você chegou aqui?
— Viajei a noite inteira atrás do bando silencioso — respondeu a órfã.
— Atrás do quê?

— Do bando silencioso, das panteras que não pisam.

— Como assim, que não pisam?!

— Não deixam rastros.

— E como é que elas fazem isso?

— Correm uma atrás da outra pisando exatamente no mesmo lugar, e assim cada uma apaga as pegadas da que vai na frente, até que a última apaga as pegadas de todas.

— E quem apaga as pegadas da última?

— Eu era a última. Quando amanheceu, as únicas pegadas que havia eram as minhas. E minha pele tinha mudado, estava toda negra. Foram elas que me deixaram dessa cor, tocando meu corpo com o focinho.

— Com o focinho? — as panteras se olharam. — E onde está esse bando?

— Ninguém sabe, porque não deixa rastros e só anda de noite. É o bando silencioso.

As panteras olharam em volta e se apertaram umas contra as outras.

— Será que não está aqui por perto? — perguntou baixinho uma delas.

— Aqui vocês não têm o que temer — tranqüilizou-as a pantera negra, mas não conseguiu se conter e começou a rir.

— Está rindo do quê?

Em vez de responder, riu mais ainda. As panteras se olharam. De repente se lembraram de sua propensão ao riso. A outra explodiu numa gargalhada, tentou responder, mas não conseguiu.

— Muito engraçado! Dá para contar a piada? — disse uma pantera.

A órfã tentou falar de novo, mas não podia segurar o borbotão da risada. Mal conseguiu alfinetar:

— Já de longe vi que eram vocês! — e riu com estrépito, a cabeça baixa e os olhos já cheios de lágrimas.

— Ah, é? E onde está a graça?

— No jeito como... — e aqui a gargalhada literalmente a dobrou, fazendo-a tombar para o lado enquanto um forte comichão percorria a horda.

— No jeito como o quê?

— Como vocês atacaram rasos sapos! — exclamou contorcendo-se como louca.

A horda esboçou um sorriso amarelo:

— Que é que tem o nosso ataque aos sapos?

Mas a órfã, estirada no chão, com os olhos lacrimejantes, não conseguia mais falar. Ferido em seu amor-próprio, o panterio queria que a negra fosse tragada pela terra e, enquanto a viam rolar de rir, algumas se lembraram de que nunca simpatizaram com ela. Essa antiga aversão era reforçada, agora, pela visão de sua musculatura e evidente robustez. Sentiram vergonha de seu próprio aspecto esquálido e deram graças à noite que ocultava suas tristes figuras.

— Fomos prejudicadas pela hora pouco propícia — disse uma delas quando a órfã deu mostras de querer recuperar a calma.

— E pela direção do vento — acrescentou outra.

— E pela inclinação do mato — reforçou uma terceira.

— Pois é — disse a órfã, já exausta, e com um longo bocejo, olhando o céu, espantou os últimos vestígios de riso que lhe restavam.

— Há quanto tempo eu não ria! — exclamou em êxtase.

Algumas panteras tossiram e outras fingiram tirar umas pulgas.

— Pois é — responderam as panteras, sem saber mais o que dizer.

— Ser negra assim deve ser um bocado desagradável, não? — disse uma delas com uma ponta de veneno.

— Desagradável? — respondeu a órfã sem deixar de olhar para o céu. — A gente descobre que sempre foi negra sem saber e que para ser negro de verdade basta ir ao coração da selva e parar de imitar os leões.

Essa outra farpa, mais penetrante que a anterior, tocou o amor-próprio do panterio.

— Que história é essa dos leões?

— Pois é — disse a órfã. — Quem as panteras imitam em tudo? Os leões. E para quem ficam se exibindo o tempo todo? Para os leões.

— Imagine! Que coisa mais ridícula! Onde já se viu?! — ergueu-se o coro de protestos. Mas a farpa já havia penetrado fundo e fez-se um silêncio duro como uma noz. Algumas voltaram a tossir e outras, mudando de assunto, perguntaram-lhe que havia no coração da selva.

Com ar embevecido, como se falasse de um lugar único e indescritível, a órfã, que continuava estirada de barriga para cima, explicou que no coração da selva tudo era repouso, calma e voluptuosidade. O clamor da selva de repente se apagava e era como entrar em outra selva mais escura e mais secreta.

— E como se chega lá?

— Chegando e não chegando — respondeu.

— Como assim?

— Entrando e não entrando.

— Cada loucura que a gente tem que ouvir! — exclamou uma das panteras mais velhas. — Um bando que corre e não deixa rastros, um lugar onde se entra não entrando!

— Só quem conhece a floresta pode entender o que estou dizendo — retrucou a órfã, erguendo-se. — E agora, se me permitem, gostaria de me retirar para lanchar. Aceitam um pouco de gazela?

— Nós já comemos — declinou o panterio com o pouco de orgulho que lhe restava.

— Como vi vocês caçando rasos sapos, pensei que estivessem com fome.

— Fome, nós? — grasnaram em coro. — Imagine! Aquilo foi só um aquecimento, para esticar um pouco as pernas.

A órfã subiu de um salto no tronco da árvore de onde tinha descido, vacilou um instante e, antes de subir mais alto, virou a cabeça e disse:

— De dia, as hienas caçam na pradaria, e quando elas caçam... não gostam que outros façam o mesmo. É melhor caçar de noite, quando elas estão dormindo.

— De noite? Mas de noite não se enxerga nada — disse uma pantera.

— Se você enxerga só por enxergar, não vê nada, mas se enxerga para caçar, vê melhor do que de dia.

— Mais uma charada! — exclamou a pantera velha. — De noite não se vê nada, mas saindo com vontade de caçar se vê tudo perfeitamente! Caramba!

Mas a órfã já tinha se esgueirado para a parte mais alta e frondosa da árvore e, a julgar pelo barulho, estava saltando de galho em galho e talvez de uma árvore para outra. O canto dos grilos já tomava a escuridão.

— Esquecemos de perguntar para ela o que dá para caçar de noite — disse uma das panteras.

— Num lugar desses, cheio de árvores, com certeza só macacos — disse a pantera velha.

— Que horror! — exclamou a lúgubre.

Algumas se aproximaram da árvore e olharam para cima, mas a órfã tinha desaparecido.

— Sumiu — disse uma delas, e não se atreveram a chamá-la para não atrair outros animais.

— Será que ela se ofendeu? — insinuou uma outra.

— Quem sabe.

Olharam de novo, mas já era noite e não viram absolutamente nada.

3

Uma coisa caiu junto à árvore de tronco inclinado, e as panteras, que formavam uma roda compacta, acordaram. A colérica, que, para variar, não tinha dormido, foi a primeira a se aproximar da árvore e ver no chão o cadáver da gazela que a órfã caçara, ainda intacto, exceto por uns nacos de carne arrancados das patas traseiras. Olhou para o alto, mas não viu nada. Talvez a outra, depois de jogar o bicho, continuasse ali, escondida na folhagem, invisível em seu negror. Porque era óbvio que a gazela não tinha caído sozinha. Tinha sido jogada. Fosse como fosse, ela não tocaria naquela gazela. Era carne caçada por uma pantera negra, e isso a tornava não comestível. Algumas panteras se aproximaram atraídas pelo cheiro de sangue.

— Eu não comeria esse bicho — disse a colérica.
— Por que não?
— É carne que vem das árvores.
— E daí?
— As panteras sempre comem do chão.

As panteras se olharam. Era verdade, sempre tinham comido do chão. Mas, e daí?

O bando inteiro se reuniu em torno da gazela caída da árvore, e a colérica observou que algumas delas, pelo modo sinuoso como estendiam as patas e tocavam o chão, já imitavam a órfã. Não foi surpresa para ela. Desde que a vira abater a gazela e carregá-la árvore acima com seus movimentos certeiros e flexíveis, reconheceu nela, no negrume que tornava seu porte mais sedutor e dava um toque de crueldade a seus movimentos, sua raça oposta, a que cedera à tentação da altura. Sentiu todo o feitiço que emanava do animal e teve certeza de que a horda nunca mais seria a mesma. Por acaso ela não sentira, ao ver os leões tomarem o rumo das montanhas, que aquela nova rota era funesta? E esse feitiço que a órfã exalava, só ela sabia como era forte. Assentava-se, nada mais, nada menos que em cada uma das árvores. Era a promessa de uma vida mais alada, mais ubíqua e independente, que sempre pulsara como algo quase inaudível no mais profundo da horda e agora se expressava sem freios em cada gesto daquela irmã de criação que davam por morta. No fundo, ela sempre havia esperado esse momento; senão, como se explicaria sua mania de vigiar e de permanecer sempre alerta, motivo de chacota para todas, exceto a lúgubre? Aguardava esse momento e, só de ver a roda reunida em volta do cadáver da gazela, soube a que bando cada uma pertencia. De tanto velar seu sono, ela as conhecia tão bem que uma simples olhada bastou para adivinhar a inclinação de cada uma. É verdade que ela tampouco amava os leões, por serem rudes e musculosos, mas neles admirava a sensatez que os mantinha no chão, refestelando-se sem

complicações. Porque ela detestava complicações. E as árvores, por si sós, eram complicadas. Quando olhava uma delas, a folhagem lhe causava uma vaga angústia. Tinha a superstição de que, se subisse numa árvore, não conseguiria mais descer. De que, lá no alto, ela se perderia para sempre. De uma coisa não tinha a menor dúvida: ia morrer sem nunca ter subido numa árvore. Sentia que essa era sua força: não se elevar, não trepar em nada, nunca abandonar o nível do chão nem dar saltos inúteis.

— Qual o problema de comer carne caída de uma árvore? — tornou a perguntar uma das sinuosas.

— Os leões nunca fariam uma coisa dessas — respondeu, no lugar da colérica, uma pantera velha cuja cadência revelava, até no mais leve pestanejar, a clássica postura da grande planície.

— Os leões, sempre os leões! — exclamou a outra.

Dezenas de garras despontaram de suas bainhas, enquanto um arrepio atravessava o bando, e essa foi talvez a última coisa que tiveram em comum. Todas perceberam que a horda já não era uma, e sim duas. De um lado, as devotas da marcha sem adornos da grande planície; do outro, as aveludadas. De um lado, o apego ao baixo e ao regular; do outro, o convite a galgar e se elevar. São compatíveis esses dois impulsos? Cada espécie felina não tem de escolher um e descartar o outro? Ou será que podiam ser reunidos, como tenta fazer o guepardo, que concilia o cão de fila com o gato, a extenuante pradaria e esse seu toque de leveza tudo o que faz? Mas o guepardo, talvez o mais rico em recursos, é também o mais frágil, e sua versatilidade não deixa de prejudicá-lo. Parece que não se decide a ser o que é, e muitos carnívoros lhe arrebatam as presas, como se quisessem se vingar de suas linhas arrojadas e de suas aptidões superiores.

Então outro ruído vindo dos galhos dissipou qualquer dúvida de que a órfã ainda rondasse por lá e todas ergueram a cabeça, mas nenhuma delas, exceto a colérica e a lúgubre, sabia olhar na escuridão.

— É ela — disse uma das sinuosas, emocionada.

— É sim, e está saltando de galho em galho e de uma árvore a outra. Deve estar visitando todas as suas presas.

— É, e deixa cair as que não lhe interessam — observou sua vizinha.

— Em cada árvore ela tem algo guardado.

— Para não perder o que caça — disse uma outra —, carrega tudo para o alto das árvores.

— Vai ver que lá em cima a carne leva mais tempo para estragar.

— Ou vai ver que nunca estraga.

— Ou então fica com um gosto diferente.

— Talvez um gosto de veneno— insinuou uma das pradeiras.

— Talvez um gosto de paraíso — rebateu uma sinuosa.

— Ela come um bocadinho aqui e outro bocadinho ali.

— Uma patinha num galho, um pouco de lombo em outro.

— Uma costelinha nesta árvore, um espinhaço naquela.

— Que maravilha!

— Que horror!

— Nunca passa fome.

— Mas isso não é vida de pantera — replicou outra pradeira. — É vida de macaco.

— Psiu, silêncio! Já não se ouve nada.

— Ela já foi embora.

A horda inteira apurou o ouvido. Acostumadas à escassez de árvores das pradarias, aquele telhado de galhos não lhes inspirava confiança. Suas garras se retraíram, e seu impulso de luta esfriou. Aos poucos, a gazela morta voltou a ser o centro das atenções.

— Isso não é carne para nós — repetiu a colérica, e começou a se afastar a trote num ritmo que era a antítese perfeita da sinuosidade da órfã. A lúgubre seguiu atrás dela sem titubear, e a cadência ladeada das duas, um tanto canina, melhor resumo da vida na grande planície e mostra de uma devoção absoluta ao terreno baixo, foi para metade da horda um chamado mais poderoso que o cheiro da gazela morta, e elas não hesitaram em segui-las como quem obedece a uma ordem.

No dia seguinte, o grupo das sinuosas também abandonou o brejo dos sapos em busca de um melhor local de caça. Resolveram evitar o campo aberto, embora também não quisessem ficar muito perto das árvores, e assim, desde o primeiro momento, avançaram de modo sinuoso, aproximando-se e afastando-se da vegetação, sem conseguir encontrar um meio-termo satisfatório.

Enquanto sua nova cadência sinuosa as empurrava para as complicações da selva, seu velho instinto pradeiro lhes mandava manter distância das árvores. Em meio a tanta indecisão, procuraram avançar com extrema suavidade, tomadas pela lembrança aveludada da órfã, e nessa hora teriam gostado de ser invisíveis, ou pelo menos não deixar rastros, como o bando silencioso de que a órfã lhes falara.

— E se todas pisarmos nos mesmos lugares? — propôs uma delas.

Era uma grande idéia, que refletia o novo espírito felpudo do grupo e evitava que, de uma hora para outra, não tivessem mais a quem imitar, agora que não imitavam mais os leões. Assim, apertaram os olhos, assumindo um ar sério e compenetrado, próprio de um bando que ninguém vê nem ouve, mas, como sempre, a atitude durou pouco, e logo elas começaram a brigar para ver quem encabeçaria a coluna. Parecia que o mais certo era a de patas maiores seguir à frente, pois seria mais fácil pisar onde ela pisava; as de pés pequenos, porém, acharam que em vez de abrir a fileira, a patuda deveria ser a última, para corrigir os inevitáveis erros das outras. Isso, que contamos em três ou quatro linhas, provocou entre elas discussões intermináveis. Por fim prevaleceu a idéia de que o melhor era marchar atrás de quem deixava as pegadas mais visíveis, e assim, definido o lugar de cada uma, o panterio se pôs a caminho.

O que parecia uma empresa apenas delicada, logo se mostrou espinhosa ao extremo, pois cada uma tinha seu próprio ritmo e uma distância diferente entre as patas. Um-dois, um-dois!, marcava a da frente, mas ninguém pisava no lugar certo. Mandaram a de patas grandes para trás, depois de novo para a frente, depois para o meio, depois para onde ela bem entendesse, e no meio da tarde encontraram uma cadência mais ou menos sincronizada, mas que as obrigava a avançar quase a um terço da sua velocidade normal e com os olhos cravados chão, mal vendo por onde passavam e perdendo, assim, suculentas oportunidades de caça, como quando cruzaram com um rebanho de zebras que confundiram com rochas ou como quando chegaram ao cúmulo de saltar sobre um grande gnu moribundo, que tomaram por um tronco queimado.

No fim do dia, um pouco por estarem de estômago vazio, um pouco por terem marchado sem erguer a vista do chão, todas sofriam de alucinações. Cada vez que paravam para descansar, permaneciam como que em transe, com os olhos arregalados, esperando o momento de retomar a marcha como uma matilha de cães.

A linha das árvores que era seu ponto de referência transformara-se numa faixa de vegetação alta e exuberante. Ao entardescer, depararam com uma

aguada e, quando um ruído as fez levantar a cabeça e ver no grosso galho de uma árvore a pantera negra, já quase invisível na pouca luz que restava, demoraram para reconhecê-la.

Recostada sobre uma alta forquilha, a azevichada parecia um engrossamento do tronco, e só a luz de seus olhos denunciava sua natureza. Ela então se levantou e começou a andar entre as extremidades dos galhos, pisando nos mesmos pontos com uma perfeição matemática. Saltou para um ramo mais alto, depois para outro mais acima, chegou quase até o topo da árvore e de lá foi descendo de galho em galho até voltar ao ponto de partida, como se desse uma aula de equilibrismo.

Tornou a pisar exatamente nos mesmos lugares com as quatro patas, depois passou para outro braço da árvore, percorreu-o até o galho vergar sob seu peso, dobrou as patas e com um pequeno impulso transpôs o estreito vão que a separava da árvore ao lado, onde pousou sem nenhum ruído. Percorreu igualmente o novo galho e o deixou com outro salto suave para cair na árvore ao lado, e assim, de salto em salto, foi passando de uma árvore a outra, enquanto a horda se internava na floresta para não perdê-la de vista, seduzida por essa forma de não deixar pegadas que consistia em pisar nos galhos das árvores.

Até então as árvores sempre lhes pareceram uma coisa inútil, uma curiosidade sem função, mas ao embrenhar-se na selva intuíram que aquela desordem aparente encerrava uma secreta harmonia, com caminhos próprios e remansos profundos.

Perderam a órfã de vista, e num dado momento perceberam que ela havia deixado as alturas, porque a vegetação baixa estava impregnada de seu cheiro. A dificuldade em continuarem juntas, por entre o mato rasteiro fez com que começassem a se separar, e só quando ficaram sozinhas puderam ver claramente naquela massa vegetal as veredas de caça com suas infinitas ramificações, plenas de promessas. Algumas, no entanto, em meio ao mais vívido verdor, por uma espécie de futilidade, sentiram saudade das grandes planícies e perderam o fio da floresta. E quando voltaram atrás à procura das próprias pegadas a fim de sair daquele labirinto, estas já haviam sido apagadas pela intensa vida noturna que fervilhava ao nível do chão. Tentaram então voltar à trilha, mas sua pista também tinha desaparecido. Ao parar, tinham se perdido.

Vencidas pelo cansaço, esmoreceram, e a órfã, que era a única que podia fazer algo por elas, já estava longe, pois ao vê-las exaustas e sabendo que essa mesma noite seriam devoradas pelas pítons e outras grandes serpentes, desinteressou-se de seu destino e voltou às profundezas da mata, onde as outras, que continuavam correndo na escuridão, sentiam que uma nova emoção lavava seu cansaço da pradaria. As árvores, que sempre lhes pareceram um território estéril, formavam um vergel onde se podia caçar a sós, sem receber ordens de ninguém nem respeitar nenhum plano prévio, que era o que sempre haviam desejado: caçar de corpo inteiro, obedecendo à voz interior e aos impulsos do momento. E pensaram descobrir, afinal, para que serviam as árvores: para libertar-se das hordas. Em seus movimentos havia agora um toque aveludado que parecia à espera do momento certo para aflorar, e assim que deram o primeiro salto entre os galhos, uma suave onda de calor, uma espécie de intumescimento da pele, foi o aviso de que seu pêlo estava escurecendo.

Os chimpanzés perceberam que se aproximavam tempos difíceis. O cheiro da horda não deixava lugar a dúvidas. Eram caçadores. De onde quer que viessem, bastaria que um deles provasse sua carne para que a horda inteira se instalasse na floresta. Sua única esperança era que passassem por eles sem notá-los. Então deixariam a selva para nunca mais. Se um único chimpanzé se deixasse apanhar, no entanto, a horda de caçadores se estabeleceria definitivamente naquele lugar. Um mínimo erro, a menor distração, e o grande edifício da vida tranqüila desabaria. Nada seria como antes. Nenhum galho seria totalmente seguro. Viveriam dia e noite em constante alerta, porque em qualquer lugar e a qualquer hora poderiam ser devorados. Seus sentidos se aguçariam, e em todos seus afazeres calculariam seus movimentos para não desperdiçar energias. A lei da caça imperaria também no pacífico reino das árvores. As próprias árvores seriam outras. Assumiriam diferentes formas conforme as possibilidades de ocultamento e de fuga que oferecessem em caso de ataque dos caçadores. Certas árvores seriam preferidas, e algumas seriam cuidadosamente evitadas por não oferecerem proteção suficiente. Começariam, então, a brigar pelas melhores árvores e tentariam se deslocar o menos possível para não perdê-las. Logo se acostumariam a viver sempre no mesmo lugar, onde se sentiriam relativamente seguros, e já não se atreveriam a percorrer a selva como antigamente. Ficariam ariscos e taciturnos, envelheceriam depressa e, já velhos, seriam presa fácil para os caçadores. Nada seria igual. Sua única esperança, portanto, era que a horda passasse sem vê-los e cruzasse a selva sem sequer suspeitar de sua existência. Então tudo voltaria a ser como antes, quer dizer, como agora, e não haveria um único recanto hostil na floresta, e todas as árvores seriam a mesma árvore. No presente eram incapazes de distinguir uma árvore da outra; mais ainda, nunca tinham pensado nas árvores, nunca tinham dito "isto é uma árvore", a selva inteira era uma enorme árvore que se ramificava sem cessar e onde eles se moviam livremente, esquecendo cada lugar assim que o abandonavam, de modo que nunca diziam "vamos para tal lugar", ou "voltemos para aquele local", porque tudo na selva tinha o mesmo sabor e a mesma profundidade, e por isso nunca tinham conhecido seus limites; na verdade, ignoravam que a selva tivesse limites, nem lhes passava pela cabeça que a selva pudesse acabar e pudesse existir outra coisa além dela. Mas agora já sabiam. Por isso suplicavam em segredo que a horda de predadores a atravessasse inteira até deixar seus domínios. Mas, pensando bem, de onde quer que viesse, a horda vinha de um outro lugar, aonde poderia regressar quando quisesse e, uma vez lá, também poderia voltar à selva quando quisesse. Portanto, já nada seria igual. Mesmo que a horda atravessasse a floresta sem caçá-los, pelo simples fato de cruzá-la, de deixar nela seu cheiro de morte, a vida já não voltaria a ser como antes. Será que esse cheiro ia desaparecer um dia? Seria possível, no futuro, transitar pelos lugares por onde a horda passara sem sentir um calafrio de medo? Que pais não se sentiriam obrigados a advertir os filhos de que deviam ter cuidado ao andar por aqueles lugares? E ao avisá-los de que a selva tinha lugares perigosos, ela poderia voltar a ser essa extensão aconchegante e sem fissuras que havia sido até então? Será que cada um não começaria a procurar nela um lugar mais seguro e a defendê-lo com valentia para garantir à prole uma vida melhor? Assim, mesmo supondo que a horda passasse ao largo e saísse da selva, a lembrança da sua passagem nunca se apagaria. De que adiantava, então, que cruzasse a floresta sem parar, se de um jeito ou de outro aquele rastro de morte se faria sentir em toda parte? Sejamos realistas: com o tempo, qualquer cheiro poderia lembrar esse rastro, de modo que nunca saberiam quando o perigo estava mesmo próximo, pois atribuiriam a ameaça da horda a qualquer coisa e acabariam vendo hordas por todo lado. Não seria melhor, então, a horda se estabelecer na selva e eles se familiarizarem com seus hábitos até saberem ao certo o que deviam temer ou não temer? Não seria essa uma vida mais justa e suportável? Pois que direito tinha a horda, depois de cruzar seus domínios, de simplesmente desaparecer, deixando a todos presas de uma inquietação terrível que só poderia ser aplacada com a chegada de outra horda, que eles aguardariam com temor, decerto, mas também com um obscuro desejo, preferindo, afinal de contas, enfrentar uma ameaça concreta a suportar um terror difuso? E mais: tinham mesmo certeza de, no fundo, ter feito alguma coisa na vida exceto esperar por uma horda que viesse despertá-los de seu vagar metódico, de sua vida feita de cegas rondas pela mata em busca de um verde mais recôndito e profundo? Não tinham esperado justamente a aparição de um inimigo que desse a cada coisa seu justo peso e relevo? O que estavam esperando, então, para anunciar sua presença antes que a horda de caçadores passasse ao largo e saísse da floresta para sempre?

O grito dos chimpanzés fez tremer troncos e raízes. Fez tremer cada planta e cada coisa que se movia. A horda de panteras parou, ergueram os olhos para os galhos e viram aqueles que, daí em diante, seriam suas presas favoritas. Caçadores e presas se reconheceram no breve silêncio em que a selva se reordenou até o mais mínimo broto e outro grito de pânico rebentou nas alturas quando as panteras negras começaram a subir nas árvores.

No dia seguinte à retirada do brejo, a colérica e as outras seguiram um caminho que se afastava da vegetação. Marcharam o dia inteiro, e ao entardecer algumas delas estavam arrependidas de não terem se unido ao bando das sinuosas. Agora, pelo menos, teriam algo no estômago. Podia até ser que a pantera negra tivesse jogado mais uma das presas que guardava nas árvores. Tinham certeza de que todas as árvores estavam abarrotadas de comida das panteras negras. Bastava ficar embaixo de uma delas e esperar um pouco, para ver cair um suculento pedaço de zebra ou de gnu. Assim, cada vez que a colérica contornava um arvoredo que encontravam no caminho ("deve estar cheio de negras", dizia), elas grunhiam de desgosto, e quando ouviam um barulho vindo da mata, juravam que era mais um pedaço de carne que acabara de cair.

Quando começava a escurecer, chegaram a um terreno pontilhado de ilhas de mato que as obrigavam a avançar em ziguezague. Ao contornar uma dessa ilhas, algo se mexeu entre o capim alto, e o vento lhes trouxe o cheiro de um jovem impala. Todas se agacharam, e a colérica e a lúgubre rodearam a ilha de vegetação para colocar-se do outro lado. Arrastando o ventre no chão, aproximaram-se do impala por trás. O vento, que continuava soprando na mesma direção, levou até o impala o cheiro de seus carrascos, e o bicho, ainda inexperiente, em vez de ficar quieto no fundo pantanoso do matagal, pulou para fora e se deparou com as outras panteras barrando sua passagem. Deu um salto espetacular à esquerda para escapar da armadilha, mas uma pantera a colheu no ar com uma patada, e o impala ainda avançou um pouco aos tropeços mas já não conseguiu se levantar, porque a mesma pantera o derrubou com outra patada, e o panterio se precipitou sobre ele. A colérica e a lúgubre, encharcadas no fundo do pântano, subiram a ladeira para se juntar ao festim, bem na hora em que, destacando-se da linha de árvores, na luz mortiça do ocaso, a horda avistou outra horda, mais numerosa e acinzentada, que avançava na direção delas abrindo-se em círculo.

Nem foi preciso perguntar que bichos eram aqueles. Todas se lembraram do animal que encontraram morto junto ao leão despedaçado, e um súbito calafrio arrepiou-lhes o dorso. O impala já não respirava e as panteras viram que, do mesmo arvoredo de onde tinham saído as hienas, surgia outro grupo para engrossar a horda.

— Devíamos ter escutado a órfã e não caçar de dia — disse uma das jovens.

Cerraram fileiras para formar uma só frente, enquanto a horda cinza, bem maior, se aproximava sem alterar o trote, segura demais de sua força para vacilar. As hienas fecharam o círculo e, quando as duas hordas se encontravam a menos de cem metros, uma rajada de vento levou seu cheiro até as panteras. Então as hienas aumentaram a velocidade, e as panteras, presas do nervosismo, se separaram, rompendo o círculo compacto que era sua única esperança de resistir ao ataque. Quando a horda cinza estava a poucos metros, apinhou-se formando um muro de cabeças, e as panteras não suportaram o impacto, e uma nuvem de poeira subiu no local do choque. Cada uma delas se viu cercada por várias hienas que lançavam dentadas em suas patas a fim de derrubá-la, como costumavam fazer com as zebras e os gnus, e quando uma pantera perdia o equilíbrio, as hienas se amontoavam em cima dela esmagando sua barriga e

a estraçalhavam na mesma hora, arrancando-lhe as patas inteiras.

A maioria foi aniquilada em questão de minutos e só umas poucas, entre elas a colérica e a lúgubre, conseguiram recuar, dessangrando-se pelas feridas, até o fundo pantanoso do matagal, onde ficaram imóveis e quase sem respirar, temendo que a qualquer momento voltassem para liquidá-las.

Permaneceram a noite inteira imóveis, e nem mesmo quando pararam de sentir o cheiro da horda ousaram espiar fora do esconderijo, pois talvez as hienas tivessem apenas se retirado até as árvores, só esperando que elas saíssem do matagal para persegui-las. Só se atreveram a deixar o pântano na manhã do dia seguinte. Parecia que as hienas tinham partido de vez, deixando, inclusive, os restos do jovem antílope sem terminar. As duas descarnaram totalmente a carcaça, erguendo os olhos de vez em quando para vigiar o arvoredo, e tomaram o rumo das montanhas, buscando a proteção desses baluartes para lá curar as feridas. Cada vez que encontravam uma ilha de mato onde podiam se esconder, aproveitavam para fazer uma pausa, ao passo que, como de costume, quando avistavam um arvoredo ou mesmo uma árvore isolada, a colérica, que encabeçava o pequeno grupo, iniciava um longo desvio, pois onde havia árvores podia haver hienas ou panteras inimigas.

Depois de caçar os primeiros chimpanzés, as panteras que seguiam a azevichada viram que nunca mais voltariam à grande planície. Esse mundo ficara longe, lembravam-se dele como se fosse um sonho, e algumas começaram a se perguntar se aquilo tudo não tinha sido apenas isso: um longo sonho do qual finalmente haviam acordado.

Agora preferiam deslocar-se entre os galhos a correr pelo mato rasteiro e, ao mover-se pelo andar de cima, de árvore em árvore, sentiram que novamente estavam seguindo a órfã. Na realidade, elas a seguiram o tempo todo, mesmo em plena caçada. Sabiam que a órfã era o elo que as unia, e por isso, por ainda se sentirem parte de uma horda, corriam atrás dela. A ramagem tornou-se mais densa, obrigando-as a correr mais perto uma da outra, e o grupo se recompôs. A selva parecia concentrar-se em vista de um esforço imenso, como se estivesse prestes a superar um grande obstáculo. Elas corriam novamente em fila indiana, até que, duas ou três árvores antes de chegar no desfiladeiro, o vento e o barulho que subiam das corredeiras lhes anunciaram que teriam de saltar. Então, sem pensar, confiando na órfã, saltaram todas da mesma árvore para transpor o precipício, e algumas, as mais ágeis ou com melhor sorte, pousaram no galho saliente de outra árvore situada na margem oposta; mas outras, talvez a maioria, não se lançaram com o impulso necessário e despencaram no desfiladeiro até se esborracharem contra as rochas invisíveis lá de baixo.

As poucas afortunadas continuaram a se embrenhar na alta floresta e puderam notar o surpreendente silêncio que reinava nessa nova parte da mata. Os chimpanzés, os maiores responsáveis pelo ruído na selva, tinham desaparecido. Nenhum deles conseguiria cruzar o precipício que elas acabavam de transpor saltando de uma árvore a outra, e o mais provável era que, ao ouvir o primeiro sinal do rio, eles tivessem se retirado prudentemente por outros caminhos.

Compreenderam que um lugar assim, onde era tão arriscado entrar, não abrigaria nenhum tipo de presa. Não era um local de caça, e o ar, leve e cortante, que revelava a proximidade das montanhas, não parecia feito para transportar odores e ruídos, e sim algo mais leve: queixas e sussurros. Ouviram um clamor que se aproximava, como o de um incêndio distante que se alastrasse. É como se ouve o fogo que toma conta da mata e trepa pelos troncos até alcançar as copas mais altas. A órfã parou de correr e, quando as outras a alcançaram, estava na ponta de um galho, olhando para a frente com devoção e respeito. Elas também olharam. Entenderam, então, o que causava aquele bramido suave que parecia um princípio de incêndio. Centenas de panteras negras, com o pêlo brilhando ao luar, conversavam animadamente em pequenos grupos sobre os galhos e, ao vê-las, algumas lhes deram as boas-vindas com um imperceptível movimento de cabeça.

Não eram todas iguais. Umas eram mais gordas que as outras, algumas tinham o focinho mais fino, as patas mais curtas ou o rabo mais comprido, sinal de que vinham de lugares distantes entre si, e pelas centenas de murmúrios que tomavam o lugar, as recém-chegadas compreenderam, depois que cada uma se acomodou num galho de sua preferência, que, em algum momento, todas ali haviam abandonado um bando de panteras pardas.

Pelo visto, encontravam-se ali só para conversar. Vinham de florestas distantes para sentir de novo o prazer do bate-papo, impossível em sua nova vida solitária. Percorriam quilômetros e quilômetros com esse único fim. Por isso, nesse lugar ninguém descia das árvores. Era proibido. Chegava-se a ele através dos galhos e partia-se da mesma forma. Ali se descansava da caça e do chão; talvez por isso a órfã tivesse dito que se chegava a ele sem chegar e se entrava nele sem entrar. Porque ninguém nunca tinha pisado nele. Quando voltavam a ter fome, iam embora, pensando no grande salto que teriam que dar para cruzar o precipício que rodeava o lugar, fazendo dele uma ilha no coração da selva. A lembrança do perigo que as aguardava na volta nunca as abandonava de todo, permeando de certa inquietação sua estada naquelas paragens de recreio e descanso. E essa mesma inquietação dava a suas palavras e conversas um valor especial, porque lhes lembrava que tinham ido até lá só para estarem juntas.

Falavam, umas mais, outras menos, sobre a mesma coisa: o trabalho que lhes dera separar-se de seus bandos pradeiros que tinham uma incontrolável inclinação a imitar outros predadores. Havia panteras que vinham de panterios deslumbrados com os guepardos, com as hienas, com os mabecos, com os chacais etc., e as características físicas de cada uma se deviam à inclinação de seu bando de origem. A cabeça ou as patas maiores ou menores, o diferente comprimento e forma do focinho, a tendência a se arrastar e outros traços peculiares indicavam que espécie tinham admirado antes de se converterem em panteras negras. E mesmo agora que se sentiam livres e respiravam fundo, ao fazer certos movimentos, ainda tinham a sensação do esforço com que arremedavam o ritmo e os gestos de outros animais. Seria por isso que todas tinham se tornado negras, como se o negro, na natureza, fosse um remédio para os momentos de maior insatisfação e desatino, algo como um retorno afoito à raiz para libertar-se das cores e dos gestos inúteis, para encontrar a verdadeira vocação?

Quem sabe.

— Vocês não podem imaginar — dizia em voz alta, nesse instante, uma pantera — a tortura que é imitar os crocodilos. O dia inteiro acachapados no chão, horas e horas sem se mexer debaixo do sol, ou se arrastando nas pedras. Um verdadeiro inferno. E pensar que a gente fica tão bem aqui em cima das árvores, na sombrinha!

— Nem me falem em se arrastar — replicou outra que pertencera a um bando que imitava as pítons. Seu corpo longilíneo, suas patas contraídas e principalmente sua mania de dobrar o rabo para a esquerda quando virava a cabeça para a direita, formando um "esse" com seu corpo, não deixava dúvida quanto ao bicho que a subjugara.

— Isso não é nada! — Clamou outra do alto da ramagem. — Quero ver vocês imitarem o pirguidim.

— Imitar o quê?

— O pirguidim.

— E o que é um pirguidim?

— Vocês não sabem o que é um pirguidim?

— Não — responderam todas as panteras.

Contrariada, achando que estavam caçoando dela, a pantera dirigiu-se às que acabavam de chegar:

— Vocês também não sabem o que é o pirguidim?

As sinuosas se entreolharam e negaram vigorosamente com a cabeça. Nunca tinham visto um pirguidim.

— O pirguidim! — exclamou com raiva a pantera, erguendo-se.

Existe coisa pior do que passar a vida inteira imitando um animal que ninguém conhece?

— O pirguidim! — tornou a repetir, e quando lhe pediram que descrevesse o bicho, ela, ou porque não se sentisse capaz de fazê-lo, ou porque considerasse o pedido humilhante, só conseguiu gritar com lágrimas nos olhos: — O pirguidim! O pirguidim! — pondo nessa palavra toda a indignação que era capaz de sentir, como se com isso pudesse afinal despertar nas outras a lembrança do pirguidim. Ou será que tinha passado a vida imitando um animal inexistente, uma miragem fruto dos violentos contrastes de luz e sombra que às vezes ocorrem na pradaria? — O pirguidim! O pirguidim! — gritou com a voz embargada pelo desespero de quem de repente descobre que jogou a vida inteira fora.

As outras deixaram de prestar atenção, e ela, envergonhada e exausta, se calou, recolhendo-se em seu galho com uma expressão fúnebre. Então outra pantera, que estava cochichando com a órfã, ao ver que as sinuosas acompanhavam a cena com profunda consternação, aproximou-se delas e disse:

— Não se preocupem, a coitada está louca. Sempre que chega uma pantera nova, ela vem com essa história do pirguidim, para ver se afinal alguém lhe diz que viu um. Nós lhe damos um pouco de trela para nos divertir, e depois ela sossega e não perturba mais ninguém.

De fato, nos dias seguintes, aquela pantera mal voltou a abrir a boca, não participou de nenhuma conversa e permaneceu encaramujada no seu canto. Estaria pensando no animal misterioso que não queria ou não podia descrever e que talvez só vivesse nas pradarias da sua mente? Quem sabe. Seja como for, ela era a única pantera, naquele lugar de constante vai-e-vem e de contínuas chegadas e partidas, que tinha ganhado um apelido fixo: "A Pirguidim".

Devido à lentidão e à cautela com que avançavam, as pardas levaram três dias para atravessar o vale, e em todo esse tempo só conseguiram caçar um rato e dois lagartos. Mais adiante o terreno começou a se elevar, e as últimas acácias deram lugar a uma vegetação mais exuberante. Elas não contavam com a mata cerrada que cobria a base da cordilheira e, quando ouviram os primeiros gritos dos macacos e dos pássaros, compreenderam que tinham acabado de entrar na floresta úmida que limitava o acesso às montanhas. Aquele era o único caminho para chegar às encostas rochosas, e as pardas estiveram a ponto de voltar atrás, mas a lembrança das hienas que dominavam as campinas levou-as a adentrar esse terreno onde se sentiam indefesas.

Pequenas e aterradoras clareiras abriam-se no meio da mata interrompendo o refúgio vegetal, e o grupo tinha de criar coragem para atravessá-las, sentindo-se observado por mil olhos. Aqui e ali surgiam também inexplicáveis clareiras de silêncio, como se uma ordem de calar-se, dada sabe-se lá por quem, atravessasse a floresta inteira e ninguém ousasse desobedecê-la. Nesses pasmos gerais que duravam poucos segundos, como se a selva inteira tragasse algo que necessitava para viver, apurando o ouvido podia-se escutar uma pulsação ritmada e profunda, um fluir distante, como uma hemorragia que consumisse a mata lentamente. Depois, conforme as pardas continuaram avançando, o ruído tornou-se mais perceptível, e como penetravam às cegas no mato rasteiro, elas acabaram tomando-o como referência para não se perder.

Horas mais tarde, quando a noite chegou, a folhagem se adensou acima de suas cabeças, as clareiras desapareceram e o barulho da água encobriu toda e qualquer palpitação. A colérica e a lúgubre iam à frente, por estarem mais habituadas ao escuro, e ao ouvir aquele bramido souberam que tinham uma passagem difícil pela frente. Em poucos minutos chegaram à beira do desfiladeiro, ao fundo do qual corria um rio turbulento que ao luar parecia mais lúgubre ainda. Era de lá que vinha a pulsação que assombrava a floresta, e bastou uma olhada, a todas, para ver quer era impossível cruzá-lo de um só salto. Acima, porém, em alguns pontos, as copas das árvores estreitavam a distância entre as duas margens, e as panteras entenderam que só assim, pelos galhos, é que poderiam cruzar o abismo. Viraram-se para a colérica, e esta lhes disse: "Eu sabia", como se para ela aquilo fosse a realização de um encontro longamente adiado. Então começaram a procurar o ponto de maior proximidade entre as duas margens, e a lúgubre logo encontrou uma árvore cujos ramos avançavam mais um pouco sobre o precipício. A colérica fez questão de subir primeiro e, considerando sua aversão à altura, até que não se saiu tão mal, mas era evidente que se esforçava para não se atirar no abismo e acabar de uma vez com seus dias. Todo seu orgulho, todo o sentido de sua vida repousava num só preceito fundamental: não ceder ao apelo da elevação, fosse qual fosse o tipo: rocha, árvore ou colina. Cada rocha que rodeara e cada árvore onde não subira fizeram com que se sentisse mais dona de si. E agora estava encarapitada numa delas, e

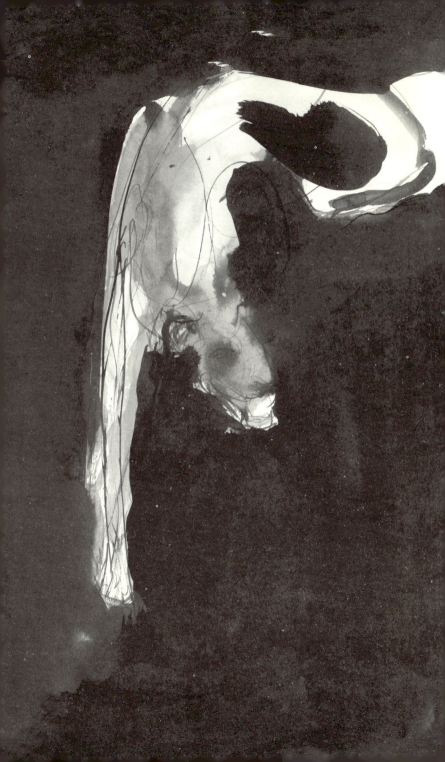

a lúgubre desviou os olhos para não aumentar seu sofrimento. Só que, ao subir até o ramo e alcançá-la, se deparou com a surpresa de não ver nela nenhum gesto de contrariedade, e sim uma emoção dissimulada, quase uma expressão de alegria infantil, e mesmo não gostando de descobrir esse abrandamento em sua parceira, continuou a observá-la com o rabo do olho, atraída, à sua própria revelia, por essa súbita transformação.

Quando as demais panteras treparam na árvore, a colérica avançou até a ponta do galho e calculou a distância até outro galho saliente da árvore mais próxima, do outro lado do abismo. Atrás dela, a lúgubre e as outras prenderam a respiração. Ela então sentiu um arrebatamento que nunca sentira antes e desejou que esse momento durasse para sempre. Só agora, nesse transe, sua profunda aversão às árvores pareceu ganhar sentido. Sua abstinência de altura confluía neste salto, como se cada salto não dado voltasse agora para acrescentar seu grão de energia e tornar possível este que era o único salto que realmente importava.

Essa revelação a tranqüilizou; nunca se sentira tão calma e, quando dobrou as patas, não teve a menor dúvida de que conseguiria atravessar. Ao dar o salto, seu corpo reluziu ao luar, e o galho se projetou para o alto, sacudindo a árvore inteira, enquanto ela alcançava o galho da árvore oposta, que a recebeu com idêntico tremor. A lúgubre, para aproveitar o favor do destino, apressou-se a imitá-la, balançou-se na ponta do mesmo galho e saltou o melhor que pôde. As outras panteras, que não enxergavam um palmo à frente do focinho, deduziram que ela conseguira atravessar graças ao barulho da folhagem do outro lado, mas quando a primeira delas foi até o mesmo ponto e se preparou para saltar, não soube calcular a distância. De modo que se lançou às cegas. E do outro lado não havia nenhum galho no lugar certo para recebê-la. Caiu, estatelando-se nas pedras do rio, e o estrondo das águas encobriu o terrível impacto. As outras, sem saber ao certo se ela conseguira atravessar ou não, lançaram-se da mesma forma, uma após a outra, e nenhuma foi recebida pela ramagem do outro lado. E quando a colérica espiou abismo abaixo, ao ver a grande quantidade de cadáveres sobre as pedras, não teve a menor dúvida:

— Outras já atravessaram por aqui — disse.
— É mesmo, que horror! — respondeu a lúgubre.

As duas se internaram cautelosamente entre as árvores, afastando-se do ruído da água, e repararam no curioso silêncio que a nova mata abrigava, um silêncio que parecia emanar de cada tronco e cada folha como algo ali presente desde o princípio. Tudo estava silencioso, e só de vez em quando o estalo de um galho partido indicava a existência de um animal, talvez um roedor ou um pássaro, mas, ao prosseguir, um fluir surdo e contínuo à frente delas anunciou-lhes que o rio que ficara atrás voltava ao encontro delas por outro lado.

O mato rasteiro raleava sobre a terra úmida e, sob o luar claro, qualquer pegada seria visível; só que não havia pegadas, como se nenhum animal tivesse atravessado essas paragens. Mas de repente sentiram que não estavam sozinhas. Ergueram a cabeça e viram duas pequenas esferas acesas pairando à altura dos galhos mais baixos de uma árvore. Sentiram a fisgada de terror que precede o movimento das garras que se abrem e alargam, e em questão de segundos a folhagem se encheu daquelas bolas luminosas. Dezenas de panteras negras, com as patas recolhidas, grunhindo como se grunhe antes do ataque, observavam as pardas de cima das árvores.

Não tentaram fugir, porque era inútil: as outras logo as alcançariam. Então, apesar de seu estado lastimável, prepararam-se para a luta. Coladas uma contra a outra, responderam aos grunhidos das negras enquanto o sangue que corria excitando os músculos lhes devolveu um resto de energia que as fez sentir quase curadas. Um dos galhos se curvou muito perto de suas cabeças, e esperaram o bote do primeiro inimigo, mas a pantera, inexplicavelmente, mantendo um precário equilíbrio, ficou onde estava, balançando-se. Outros galhos se curvaram da mesma forma, mas nenhuma pantera deu início ao ataque, e elas se perguntaram o que estariam esperando. Estariam brincando com elas antes do massacre? Podia-se ouvir bem perto o fragor do rio, e a lúgubre se arriscou a dar um passo naquela direção, pois o desfiladeiro era o único rumo possível e, se conseguissem cruzá-lo outra vez, quem sabe até sua salvação. Deu outro passo e continuou avançando lenta e suavemente, seguida pela colérica, enquanto as panteras seguiam atrás delas fazendo ranger os galhos mais baixos.

Quando chegaram à beira do abismo, pararam sobre o fio do precipício para procurar o ponto mais próximo, e temeram o inevitável. Os galhos gemiam sob o peso do panterio, que não deixara de grunhir um só momento, e a lúgubre pôs-se a analisar a situação. Nas paredes da garganta, aqui e ali, várias pedras sobressaíam a diferentes alturas, estreitando o abismo. Portanto, se achassem uma pedra perto da borda que estivesse à mesma altura de outra pedra na borda oposta, talvez pudessem saltar de uma para outra. Era o único jeito, com as árvores tomadas pelo o panterio inimigo.

As duas começaram a andar rente à borda, sentindo o arfar das panteras acima da cabeça e não precisaram avançar muito para dar com um ponto onde as duas saliências da escarpa, logo abaixo da crista, tornavam a brecha um pouco mais estreita.

A lúgubre tentou descer até essa saliência para daí estudar a possibilidade de saltar para o outro lado, mas o declive era íngreme demais. Com extremo cuidado, deixou-se deslizar lentamente pela pedra e, quando sentiu que estava perdendo aderência, teve que dar um pequeno salto para alcançar aquele mínimo patamar, salvando-se por um triz de cair no vazio. Olhou para baixo apavorada e esperou seu coração sossegar antes de calcular a distância que a separava da pedra saliente na escarpa oposta. Achou que podiam tentar, olhou para cima e viu que havia uma pequena multidão de negras apinhada na árvore sob a qual estava a colérica, ainda postada à beira do abismo, e temeu que estivessem a ponto de atacar. Mas seus grunhidos tinham amainado, como se de repente só estivessem interessadas em ver como aquela dupla pretendia cruzar o precipício sem o auxílio de galhos. Inexplicavelmente, estavam poupando-lhes a vida, e foi então que a colérica, no exato instante de iniciar a descida, ouviu estas palavras: "Se você cruzar, não volta nunca mais", e ficou com uma pata suspensa no ar, perplexa. Era o estrondo do rio, ou alguém tinha mesmo falado? A lúgubre, ao vê-la petrificada naquela posição absurda, deu um grunhido instando-a a se apressar. Então a outra olhou para baixo e, com cuidado, deixou escorregar o corpo alguns metros pelo declive, deu um breve salto e a duras penas conseguiu aterrissar na exígua plataforma onde estava sua companheira. As duas logo calcularam a distância que as separava da saliência da escarpa oposta, e a lúgubre dobrou as patas traseiras para se arremessar. O panterio parou de grunhir, e por alguns segundos até o próprio rio pareceu reduzir a correnteza e fluir mais silencioso. Desta vez não contavam com a flexibilidade de um galho para aumentar o impulso do salto. A lúgubre tremeu de leve e, pela última vez, se concentrou para controlar o pavor do vazio. Elas a viram encolher-se e, num breve

lampejo, reluzir como uma chicotada sobre o abismo antes de cair na rocha da escarpa oposta, onde esperneou freneticamente, rascando a aresta da pedra com as garras traseiras para não cair. Quando recuperou o equilíbrio, colou o corpo à parede a fim de deixar lugar para a outra, e a colérica, que continuava atônita, olhou para baixo, viu confusamente a espuma da correnteza e quando arqueou as patas, algo lhe disse que nunca mais poderia voltar. Se passasse para o outro lado, seria para sempre. Não tornaria a pisar a terra que estava pisando. Pois há saltos que só são possíveis se quem salta rompe todos os laços com aquilo que deixa para trás, como se o salto consumisse de antemão a energia necessária para um eventual salto de volta e assim eliminasse toda e qualquer possibilidade de outro salto igual. Como se fossem dois saltos em um só. Saltou, e seu corpo reluziu no ar, totalmente esticado, e aterrissou na saliência oposta trombando com a lúgubre, que assim lhe serviu de colchão amortecedor, e ali, arfando, ficaram grudadas à parede, e quando olharam para cima, centenas de pequenos brilhos amarelos as observavam do outro lado do precipício.

Resolveram passar a noite naquele nicho rochoso onde a muito custo caberia outra pantera e só depois do amanhecer se embrenhar na mata da nova margem. De quando em quando, em meio ao sono, abriam os olhos para vigiar os brilhos do outro lado, mas quando acordaram já não havia mais nenhum. Então escalaram a encosta e penetraram na faixa de selva que as separava da montanha, onde outro tipo de árvores, mais altas e espaçadas, deixavam a luz penetrar até o chão, que de novo estava coberto de mato. O terreno se elevava rapidamente, e a floresta foi perdendo força; nesse solo íngreme, muitas plantas desistiram da corrida rumo ao topo, e uma faixa pedregosa, prenúncio da muralha que se erguia logo adiante, encerrou a camada tropical. Quando chegaram à muralha, viram que o vale das hienas ficara muito abaixo, muito além da selva que recobria as encostas do monte com seu tapete escuro, e só então, ao ver que não tinham sido seguidas pelas panteras negras depois de cruzarem o precipício, as duas pararam.

— Elas nos pouparam a vida — disse a lúgubre.

— É, porque nunca vamos poder voltar — respondeu a colérica.

A lúgubre olhou-a sem entender, mas como sabia que a colérica não gostava de dar explicações, tratou de não fazer mais perguntas.

Continuaram subindo a ladeira rochosa até chegar ao topo da montanha, onde a cordilheira se estendia até o horizonte, e então a lúgubre entendeu o que a outra queria dizer. Por esse lado, nunca poderiam voltar à grande planície. O único caminho possível era aquele que acabavam de percorrer através da selva, e cruzar a selva significava cruzar o desfiladeiro e a floresta escura cheia de panteras negras.

— Foi por isso que elas nos deixaram passar — disse a lúgubre, e ficaram olhando a cadeia de picos nevados que sumia na bruma ao longe.

— Vamos nos acostumar — disse a colérica.

— Desconfio que o ar da montanha não vai me fazer nada bem! — disse a lúgubre.

— É um ar como outro qualquer — disse a colérica, e acrescentou: — Eu, que nunca quis subir nas árvores, vou acabar a vida no lugar mais alto do mundo.

— E por onde vamos começar?

— Começar o quê?

— A viver. Por onde se começa?

— Dizem que o ar da montanha é bom para curar as feridas. É por aí que vamos começar.

A lúgubre se calou: sinal, nela, de profundo assentimento. Parecia satisfeita, sobretudo com a incomum extensão do diálogo. Talvez o ar da montanha tivesse o dom de tornar os taciturnos loquazes, ou talvez fosse influência daquela árvore da qual tinham saltado sobre o precipício.

— Você reparou que não havia pegadas no chão? — perguntou-lhe a companheira.

Desde quando a colérica se dignava a lhe perguntar alguma coisa? Decididamente, o ar da montanha não devia ser tão mau assim. Se tinha reparado nas pegadas? De modo algum. Mas lembrava-se vagamente de não ter visto nenhuma.

— Claro que reparei. E estava justamente pensando nisso — respondeu.

— Pois então não tem mais o que pensar: era o bando silencioso.

A lúgubre fez cara de quem não entendeu.

— O bando — prosseguiu a colérica — que não pisa no chão nem deixa pegadas, não lembra? O bando que transformou a órfã em pantera negra tocando-a com o focinho. E eu que não acreditava nessas baboseiras.

— Agora estou me lembrando — disse a lúgubre —, só que aquelas lá não tinham nada de silenciosas. Ainda posso ouvir seus grunhidos.

— Eram elas, as panteras que não pisam no chão, por isso não desceram — disse a colérica, e a lúgubre, ao recordar os perigos que acabara de passar, sentiu um frio na espinha.

Começaram a descer à procura de um lugar para passar a noite, até que encontraram um vão sob uma pedra onde se abrigar. Prepararam-se para passar sua primeira noite nas montanhas, e a lúgubre logo pegou no sono. A colérica, em compensação, continuava absorta em seus pensamentos:

— Nunca vão nos deixar passar — disse mais uma vez.

A lúgubre, já quase dormindo, não disse nada.

— No fundo, devíamos agradecer a elas — continuou a colérica, falando consigo mesma.

— É — afirmou a outra entre sonhos —, elas podiam ter acabado conosco.

— Não é isso. Elas podiam é ter-nos tocado com seus focinhos, como fizeram com a órfã, e agora estaríamos completamente negras!

— Que horror! — foi só o que murmurou a lúgubre.

Nas montanhas, pouco a pouco, suas feridas se fecharam. Nos bosques sombrios de cossos e de cedros, aprenderam a caçar esquilos e lebres; nas ladeiras mais altas, onde não havia mais árvores e cresciam as lobélias, suas presas preferidas eram os antílopes briosos e os jovens javalis. A lúgubre deu à luz quatro filhotes, um dos quais morreu; dois anos mais tarde, pariu cinco, e todos sobreviveram. A colônia cresceu, ocupando as ladeiras mais suaves, onde havia árvores, mas, com o tempo, alguns jovens se deslocaram para os terrenos mais altos e frios.

Todas elas, aos poucos, tornaram-se animais solitários, porque a vida nas montanhas não permite a caça em grupo como nas grandes planícies. O terreno irregular, cheio de precipícios e escarpas, de estreitas gargantas, é ótimo para atocaiar os animais, não para persegui-los. A caça solitária, feita de pacientes espreitas e saltos repentinos, dá melhores resultados que as saídas em grupo, e as panteras descobriram que viver sozinhas não as desagradava. Só a colérica e a lúgubre continuaram vivendo juntas, naquela mesma furna que descobriram em seu primeiro dia na montanha, e nunca perderam por completo a esperança de um dia voltar à grande planície dos leões.

Agora que ninguém vivia junto com ninguém, a colérica não tinha o que vigiar, o que corrigir ou ordenar; a vida em bando era uma lembrança remota, e às vezes ela chegava a duvidar que uma vida assim tivesse sido possível em algum momento. Então se dedicava a vigiar as panteras negras, lá embaixo, e penetrava regularmente na mata do sopé da montanha até chegar ao ponto do desfiladeiro onde ela e a lúgubre haviam atravessado. Enquanto fingia seguir a pista de alguma presa, espiava a floresta escura, e logo as bolinhas luminosas apareciam entre as sombras da folhagem como um aviso de que, se

ela tentasse violar aquele reduto, seria estraçalhada sem contemplação. Desalentada, voltava então montanha acima, e a lúgubre, só de olhar para ela, sabia que a passagem continuava vigiada. Sempre a recebia com as mesmas perguntas e recebia as mesmas respostas:

— Você as viu?

— Vi os olhos.

— E o que estão fazendo?

— Nada, só esperando.

— Esperando quem?

— Qualquer um que passar por lá.

— E não há outro caminho? — perguntava a lúgubre, sabendo que só nesse ponto o desfiladeiro se estreitava o bastante para que alguém pudesse cruzá-lo.

— Não, não há outro caminho — respondia a colérica.

As duas muitas vezes sonhavam com as zebras e o gnus e, claro, com os leões. O que mais lamentavam era que seus filhos, e os filhos de seus filhos, nunca tivessem visto um. Tinham certeza de que lhes bastaria ver um leão para entenderem como era a vida na grande planície. Saberiam então como eram as batidas de caça em campo aberto, com os rebanhos fugindo em debandada, e as reuniões de herbívoros junto às aguadas, e as grandes migrações estivais, e o vai-e-vem entre os acampamentos e a planície na temporada de fartura; tudo aquilo que era impossível imaginar nas paredes rochosas da montanha.

Com o tempo, à medida que envelhecia, de tanto sonhar com os leões sem vê-los, ou porque começava a esquecê-los, a colérica chegou a se convencer de que os leões eram elas mesmas, as panteras pardas, e que um dia haveriam de voltar à grande planície para de novo caçar zebras e gnus. À força de repetição, acabou convencendo as outras panteras, que, um pouco para agradá-la, um pouco porque nunca tinham visto nenhum leão, começaram a chamar-se a si mesmas "leões da montanha", já que haviam nascido na montanha e a montanha era o único lugar que conheciam, e por nada deste mundo queriam sair dali. Mas os homens, por acharem o nome de "leões da montanha" comprido demais, preferiram chamá-los "pumas", que é bem mais curto, e o nome ficou até o dia de hoje. E muito depois de a colérica e a lúgubre morrerem, quando os pumas já povoavam toda a cordilheira, sempre que um deles descia até a faixa de selva que cobria a base da montanha, lembrava-se do velho alerta, transmitido de pai para filho, de não cruzar o desfiladeiro e de não se embrenhar no denso arvoredo do outro lado, em cuja escuridão logo se avistavam os olhos do bando silencioso, do bando que não pisava no chão e não deixava pegadas, encarregado de vigiar aquela passagem até a morte. E como nenhum deles sabia que poderiam muito bem entrar naquela mata, porque lá as panteras negras nunca tocavam o chão, mantinham prudente distância daquele lugar, ignorando que do outro lado, depois de cruzar pela segunda vez o desfiladeiro e atravessar a selva povoada de macacos e pássaros estranhos, começava o vale das hienas e, ainda mais além, a dois ou três dias de viagem, a região das planícies onde pastavam os grandes rebanhos de herbívoros e onde viviam os verdadeiros leões.

Este livro foi composto em Lino-
Letter pela Bracher & Malta com
CTP da Forma Certa e impressão
da Bartira Gráfica e Editora em
papel Pólen Bold 90 g/m² da Cia.
Suzano de Papel e Celulose para
a Editora 34, em agosto de 2008.